キュウアイ

水之嬉戏

我们来自不同的世界,是在彼此心中冒险的游客。

[日] 藤田宜永 著　李重民 译

人民文学出版社

第一部分

达郎正要付车钱，出租车司机把笔记本和圆珠笔伸过了来："荒矢先生，能给我签个名吗？"

达郎二话不说接过笔来。一上车就听到收音机里巨人队和中日队比赛的实况转播，看来司机是个巨人队的球迷。但听到他激励自己"你要尽快回到投手板①上去"，达郎下车时也微笑着朝他点了点头。

据收音机里插播的快报，千驮谷体育场里神宫森林队与京滨海豚队比赛的第八局后半局刚刚结束，海豚队领先一分。

达郎很在意比赛的结果，他缩拢高大的身躯，混入纷沓的人流里。

出门时还没下雨，可眼前六本木交叉口的霓虹灯已经被雨

---

① 棒球投手投球时站立的、用土堆起来的地方。

雾濡湿了。

路口附近狭窄的人行道上熙来攘往雨伞相衔，黑人皮条客和夜总会的女郎们向过往的男人在分发拉客广告。

"请多多关照。"一个女郎瓮声瓮气地将广告塞向达郎。

达郎理也不理，径自离开了大街，他最讨厌年轻女人的鼻腔声了。

四月五日，这是棒球锦标赛的开幕日。达郎所在的海豚队的对手与去年开幕赛一样，是宫神森林队，赛场也与去年一样是在千驮谷体育场，简直就像是上一年度开幕赛的重演。

去年开幕赛时，达郎在球场上。第八局下半局还在三垒边上的投手练习区里做着肩部的热身运动。他至今还清晰地记得，上投手板是第九局的下半局，当时感觉身体很轻巧。作为京滨海豚队殿后的主力投手，荒矢达郎是在球迷们的欢呼声中挺着胸膛跑上投手板的。

在那场比赛中，达郎被打败了，而且万万没想到会受伤。

整整一年白费了。今年什么时候能复出尚不得而知。一开始达郎对肘部疼痛没放在心上，不料经过仔细检查，被诊断为右肘关节尺侧副韧带断裂。

达郎三天前已满三十二岁，作为棒球选手来说绝不算年轻。即使顺利康复了，也不知道能不能投出像以前那样的球速来。

白天，在横须贺的练习场里循规蹈矩地做完了康复训练。也因为今天有开幕赛，围着达郎的记者人数比平时更多。

"马上就要开幕了，你有什么感想吗？"手里揣着大笔记本的女记者问他。

"没什么感想。"

球队屡次提醒他要与媒体搞好关系,但他只会没好气地回答对方。

"受伤有整整一年了吧。你一定有自己的念想吧?"女记者不依不饶地缠着他不放。

"我感觉已经是很久以前的事了。"达郎喃喃道。

"开幕赛的对手,今年还是神宫森林队啊。您的心里总会有所牵挂吧。"一位老牌的体育记者向他提问。这家伙达郎以前就讨厌他。

"不愿意回想的事,我有特技能够忘掉它啊。"达郎硬撑着露出微笑。

"开幕赛你要在电视上看?"

"我一看必输。因此为了球队,还是不看为妙。"

记者群中传出了笑声。

回到东京,达郎在体育场露了露脸便回家了。

海豚队对森林队的比赛电视卫星正在转播。达郎想看又不想看地犹豫了半天,还是打开了电视机。

开幕赛那天达郎既激动又紧张,犹如第一次拧动新车钥匙似的,仿佛只要崭新的发动机发出声响,一踩明光锃亮的加速器,车子就会朝着优胜勇猛地奔驰而去。

不能亲临球场,达郎感到心烦意乱。他将啤酒换成威士忌,连冰都懒得放,喝着纯威士忌酒,一直看到第七局下半场。二比二,电视上出现了河田在投球练习区里热身的镜头,他是替代达郎殿后的主力投手。

"河田投手是去年棒球锦标赛尾声时替代守护神荒矢投手担任殿后的,你们不觉得他干得很出色吗?"播音员说道,"球速快,又胆大,非正式比赛没有责任失分,真是太棒了。他岂止是填补荒矢的空缺,也许今后还能成为威胁荒矢存在的殿后王牌呢。"

达郎用遥控器将电视机关了,焦躁的情绪从胸膛深处冲涌上来。他狠命地踢了一脚桌子腿,玻璃杯翻落在地板上,威士忌酒洒了一地。他以为杯子必碎无疑,不料玻璃杯只是打了个滚,这更惹得他莫名其妙地生气。

如若呼吸到外面的空气,心情也许会稍稍好些。达郎于是跳上出租车,立刻决定去找佳乃。但也许是心理作用,司机那句"你要尽快回到投手板上去"的话,使他放慢了去找佳乃的脚步。

他正努力按照康复计划进行训练,还去体育场馆提高臂力。对棒球,他始终抱着认真的态度,然而现在却想去参加比赛也不能去。"去跟女人幽会有什么不可以?"他终于打消了愧疚的想法,推开了佳乃工作的夜总会的门。

夜总会里很拥杂。达郎一边与陪坐的女招待敷衍,一边等着佳乃。佳乃二十八岁,这年龄在六本木的夜总会里已经不算年轻了。她是个细长脸的美女,人瘦得看得见肩胛骨,总有一种极其疲惫的感觉。

佳乃虽然不是那种会让人眼睛一亮的女人,但跟她在一起,达郎的心情就会变得平和。

第一次见到佳乃是在二月底，那次他是跟着专门担任替补的队友来的。女招待们大都知道达郎，但她们并不是棒球迷。这些人连牺牲飞球是什么都不知道，她们之所以认得出达郎，是因为他那离了婚的妻子清家晶代是个当红的年轻女演员。

谁都知道达郎和晶代是前年夏天分手的，尽管如此，缺心眼的女招待们还是当着达郎的面肆无忌惮地谈论晶代。在他对别人谈论分手的前妻心中不悦时，佳乃来到了座位上。她只字不提晶代的事，也不用鼻腔音瓮声瓮气地说话。

佳乃很精通专业棒球。她生于横须贺，也由于受父亲的影响，她是个海豚队的铁杆球迷。她说读高中时，自己还步行去过横须贺沿海的训练场。对达郎她也非常了解，不仅能如数家珍似的报出达郎打过的经典球，还常常会随口说起达郎大显身手的场面。

达郎的身体还清楚地记得佳乃津津乐道的那些场面，佳乃的话甚至让他想起了球飞离指尖的感觉。他的心情渐渐放松了，然而一丝不安也悄然来到了脑中。球速能恢复到受伤前的程度吗？能投出漂亮的下坠球来吗？

尽管如此，达郎和佳乃谈得还是很快乐。她一旦被其他座位叫走，达郎就会盼望着她快点回来。

他和佳乃有过两次性关系。据带他来这家夜总会的队友说，佳乃在和一位滑稽演员交往。听到此话，达郎也没感到什么嫉妒。

和佳乃的关系，有时是在相互消磨寂寞。不知她为何会感到寂寞，达郎没问过，她也没说起过。达郎只是清楚地感觉到，佳乃的心就像一块干燥的海绵，会因为肌肤相亲而变得柔软、松弛……

佳乃来了，坐下之前，她审视着达郎微微一笑。

"今天可是开幕赛的日子啊……"佳乃调制着掺水威士忌，语气像是在调侃，话音里却能够感受到一种同情。

"现在在哪儿还不是一样？反正投手板上是站不上去了。"

"话是这么说……"佳乃耸了耸肩膀，"来，好歹也为开幕赛干个杯。"

达郎跟她轻轻碰了碰杯子，但是滴酒未沾。

"只能祝贺一半啊，又不是我的开幕赛。"

"现在哪个球队领先？"

"到第八局下半局，我们领先一分。"

"轮到河田出场了吧。"佳乃又轻柔地说道。

"我来这里就是为了忘掉它。"达郎做出一副怄气的表情，但他不是真心的。

"没关系，"佳乃轻轻拍了拍达郎的膝盖，"他拿手的也是快球，但我听说他的球没力量，去年是他第一次上手，对方球队也是准备不足吧，所以他才得手了。肯定还是你那重量级快球和刁钻的下坠球厉害啊。"

有客人注意到了达郎，开始与身边的女招待窃窃私语着，好像是在说他"开幕赛的日子却在泡女人，这家伙完蛋了"。达郎喝酒的节奏不由得加快了。

"行吗？今天夜里。"达郎在佳乃的耳边低声说道。

佳乃默默地点点头。

佳乃是一点钟下班。他们坐出租车去佳乃的公寓时，小雨继续在下着。

一走进房间里，佳乃便用喷雾器开始给窗边的观叶植物洒水。前两次来这里时，她也是这样做的。那手持喷雾器勤快地喷水的背影中，散发出中年女人特有的孤寂。

达郎觉得自己受伤后有了很大的变化。身体健康时，他对看上去穷酸孤寂的女人根本不愿意搭理，但现在却想躲进那种女人温馨的怀里。

佳乃的身体绝不能算是有魅力的，皮肤缺乏光泽，灰不溜秋乳头下的乳房也不丰满。但让男人愉悦的技术她却得心应手。打个比方的话，佳乃就是一个变化球投手，虽然直球没有威力，但滑行曲线球、下坠球、弧形球、下沉球全都会投。

达郎被佳乃投过来的滑行曲线球和下沉球随意摆布，健壮的身躯仿佛在空中飘舞，他清晰地感觉到原本蓄积在体内无处可去的能量在消散。

可是有件事情达郎百思不得其解。佳乃一旦出汗，身上的科隆香水散发之后，总会跟着闻到一种难以名状的气味。那味道既不难闻也不好闻，像是什么矿物质发出来的。那天夜里，这气味让达郎的鼻腔难受了很久。

直到黎明，两人根本就不看对方的寂寞表情，只顾埋头将两人的寂寞撮合在一起。

佳乃拢起汗水濡湿的头发，点着一支烟。不吸烟的达郎将手伸向床头柜上的玻璃杯。

"你把我养起来吧？"

口吻的轻佻。但是,达郎理屈词穷,无法插科打诨。

"别那么为难啊,我是开玩笑的!"

佳乃笑着猛地将烟雾朝天花板吐去。

和这个女人不能作再多来往了。想到这里,达郎从短暂的安逸中回过神来。和佳乃不要说结婚,就连情人都不想做,达郎不想跟她陷得很深。

记得第二次到这房间来时,佳乃说过这样的话。

"一看见白色的棒球飞上蓝天,我心情就特别爽啊。"

虽然这是句棒球迷最喜欢挂在嘴上的老生常谈,达郎却感到厌恶。[①] 他觉得佳乃说这话时就好像是令人毛骨悚然的疯子。现在听佳乃笑着说"你把我养起来吧",达郎感觉到的印象和那时一样。

"真是的,你不要用那种讨厌的眼神看着我啊!太不礼貌了。我明白你的意思。"

"明白什么?"

"你如果回到投手板上,我这种人你就不会需要啦。"

"这种事,不到那个时候谁能知道啊?"

"我只会在你感到疲惫的时候陪着你,丝毫也没想过要跟你待在一起,所以你尽管放心。"

佳乃唰地掀开被子,赤裸着身子走向厨房。"你肚子不饿?有烧麦,你吃吗?"

[①] 达郎是个棒球投手,"白色的棒球飞上蓝天"意味着投出去的球被对方准确击中。

"哦……"达郎心里想着要说些什么，但他说不出来，便吃完烧麦，穿上了衣服。

"我还会到你们夜总会去的。"

"我等着你。"

达郎在佳乃的笑脸相送下离开了公寓。

雨已经停了。

达郎觉得自己有些对不起佳乃。走到空无一人的街上，他抬头望了望佳乃的公寓。

带着雨后的清新，天色未明的街道一片岑寂，公寓斜对面停着一辆黑色汽车。车里好像有人，传来了按快门的声音。

达郎刚朝着汽车迈开两腿，汽车便突然打开前灯，发出轮胎的吱嘎声急速离去了。

* * *

风中夹着海潮的微微清香，虽然感觉得到太阳就在漫天薄云的背后，但阳光不像要照射下来的样子。这是春季一个阴郁的下午。

京滨海豚队的训练场里，回荡着干巴巴的棒球击打声和击球队员的吆喝声，二线队员戴着棒球手套，正在奋不顾身地鱼跃接取难度极高的地滚球。

达郎远远望着这些年轻选手，独自默默地在外场奔跑。他反戴着帽子，只穿着一件汗衫，腰上缠着竖条纹的运动服，运动服背后的号码正好倒过来，"19"号成了"61"号。

左侧挡网外长着山樱街树，山樱花瓣乘着海风飞散到外场的草地上，也给正在挡网前转身的达郎背上留下了粉红色的斑点。

达郎只有热身运动是和二线队员一起做的，以后便进行自己的训练课目。

挡网外的山樱树之间，聚集着众多媒体记者。达郎一走近，快门便一起响了起来。

达郎平日专心奔跑时，会将烦心事忘得精光，但今天无论流多少汗，他的心情都无法变得轻松。

"喂，荒矢，你是在耍我们球迷们吗？"

一个矮个中年男子手搭在围墙上朝着达郎叫道。看来那是个醉鬼，记者们的照相机立刻向他转了过去，这下他更来劲了。

"就是没有你，海豚队也还有河田。孬种，快滚！滚到别的队去！滚！"

达郎的照片登上了摄影周刊的双联页。有和佳乃一起坐在出租车上的照片，有在佳乃的公寓前下车时的照片，还有拂晓走出佳乃的公寓后抬头仰望着佳乃房间的照片。

——荒矢投手的开幕之战 目前正在锻炼下半身——

看来那男子读了这篇报道，所以才会对达郎怒火中烧。

达郎继续默默地奔跑着。醉汉与警卫好像发生了争执。

跑步结束后，达郎戴上棒球手套，练习五十米的投接球。教练只允许投七十个球，但他想投得更多些，因为达郎渴望尽早回在投手板上去。一年以来，缺乏耐性的达郎不知道多少次顶撞教练佐古田，但佐古田每次都能控制住达郎的激动，好不容易才使他恢复到了现在的程度。

完成了这天的康复训练项目，达郎朝停车场走去，记者们一路上对他穷追不舍。

"那位女士可以看作是你的新恋人吗？"

"你已经在考虑结婚了吧？"

达郎只说了句"无可奉告"，便离开了训练场。

达郎住在千住大桥附近隅田川旁的高层公寓里，这是三年前达郎二十九岁时购置的。因为当时一看到宽敞的房间和三个方向的阳台，前妻晶代就高兴得手舞足蹈，立刻提出要把它买下来。而晶代在这酒店套房似的卧室里才睡了不到一年半的时间。

达郎回家躺在沙发上，手上还端着一罐啤酒。

"今天的康复训练顺利吗？"女佣人民子边问边将菜肴端上餐桌。

"跟平时一样啊！"达郎不知怎么烦躁起来了。

"别那么灰头土脸的，再忍耐一段时间吧！我估计今年海豚队会发挥得很好。外国运动员的增补进行得不太顺利，但年轻队员培养起来了。混账解说员说今年还会落在B组，可我觉得今年可以争冠军。"

"再也没有比公开赛的结果更不靠谱的了，这连你都知道吧。"

"说起来是这个理，"民子意味深长地笑了笑，"开电视机吗？"

"开吧。"

川崎露天体育场里，海豚队主场迎战阪神虎队的比赛正在进行。

"我也想去川崎体育馆看看啊。"民子手上拿着勺子说道。

"定下哪天去就跟我说吧。"

民子摇了摇头，恳切地说道："你没踏上那里的投手板之前我是不会去的。这事不用着急，反正你是肯定能东山再起的。"

安本民子今年六十六岁。达郎是以前在东京职业棒球队时认识她的，民子那时在球队集训处负责伙食。

达郎与晶代离婚以后，通过球队开始寻找料理家务的人。在应聘者的材料中发现民子的履历书时，达郎当即决定非她莫属。那时民子累坏了身体已经辞职，住在长子家里，由于跟儿媳合不来，正在寻找合适的工作。能在可以毫无顾忌地以"达郎"相称的人家里工作，对民子来说也是求之不得的。达郎在家附近为她另租了一间公寓，让她从那里来为自己帮佣。

为达郎准备好膳食后，民子说要早点回去看比赛，她大大方方地一笑，便回家去了。

达郎吃完饭后喝着威士忌酒走到阳台上。东京塔的灯光犹如一双巨大的火筷子，像是要把暗蓝色的夜空捅穿。眼前一条粗粗的光带在空中掠过，达郎明知那不是千驮谷体育场里的照明灯，却总觉得那光是从球场里发出来的。

达郎眼前浮现出自己走向投手板的身姿，耳边仿佛又响起了球迷们的掌声和欢呼。他又感到焦躁起来。

去年开幕赛上遭遇的厄运是事出有因的。

到第八局还是一比零，海豚队领先。第九局时，先上场顺利打到第九局的投手突然失态，以一人出局满垒、一击出场的局面将投手板让给了达郎。对方进入击球区的，是前年获得最佳击球称号的四号击球手古山。

达郎擅长投时速近一百五十公里的快速球和超过一百三十五公里的下坠球，在棒球界也是数一数二的殿后投手。

他一九八八年从大学毕业，以选拔成绩第三名进入日本职业棒球太平洋联盟，两年后作为救援投手开始展现实力。迄今为止的成绩是二十八胜二十一负，救球纪录一百零一，两次获得最优秀救援投手的称号。

即使面对强劲的击球手古山，达郎也只是去年被击出一个安全打。在这天的比赛中，达郎轻而易举地连续投出两个好球，但第四个投出的下坠球没有平时那么低，球被击向右外场。那球击得不算好，达郎以为会被外场手接住，不料球飞到冲上前来的右外场手面前突然落到了地上。结果二垒跑垒手在本垒变成触杀①，三垒跑垒手生还，被打成了平局。

当然，那个被送到右外场手面前的球会极大地改变达郎的命运，事先谁都没有想到。

加赛第十局上半局，海豚队攻打对方二号投手，抓住了不出局满垒的机会，击球次序轮到了达郎这里。

达郎并不讨厌击球，因为他高中时就一直作为主力击球手第四个出场。现在他来到击球区就位，一心想用自己的球棒获

---

① 外场手将球触到离垒的跑垒手使其出局。

得决胜分。

　　第一球是投手的拿手球,那球朝手臂挥动相反的方向划了一道漂亮的自然曲线,好球。达郎判断下一个球会飞向本垒外角①。第二球投出来了,不料却与达郎的预测完全相反,自然曲线球再次快速拐弯向达郎的身体飞来。达郎急忙身体后仰想避开来球,结果球还是击中了达郎视为命脉的肘部,他感到手臂闪电般的一阵刺痛。

　　投手不能投出死球②,这是一条铁的规则。达郎勃然大怒,按着手肘朝对方的投手走去。双方队员一齐跑出运动员休息区,球场里一片混乱。

　　小冲突结束后,达郎虽然很在意经过止痛冷却喷雾的肘部,但还是站到了一垒的垒垫上。第十局下半局,达郎使对方三个击球手都未能进垒,最终海豚队以达郎的死球得以挤垒获得关键的一分③,挤进了开幕赛。

　　达郎并没把肘伤当回事,以为马上就会痊愈,但疼痛却怎么也没有消退。然而 X 光检查并没有发现损伤,于是他依然继续站在投手板上,可球却再也快速不起来,手肘的疼痛变得更加剧烈。

　　四月底的广岛赛上,达郎连吃了两个本垒打,被迫退板。经过核磁共振成像检查,最后被诊断为右肘关节尺侧副韧带

---

① 棒球中相对于本垒击球手的远角。
② 投手的投球打中击球手。
③ 在满垒的情况下投手投出四个坏球让对方得分。

断裂。

他毫不犹豫地决定去洛杉矶接受体育医学权威J博士的手术。九月中旬动的手术很成功。一个月后，达郎再次赴美做术后复诊，并终于在今年一月的检查中获得了握球的许可。投接球练习从十米距离开始，渐渐地延伸到十五米、二十米，投接球的次数也在不断增加。

四月底还得去洛杉矶接受第三次检查……

达郎回到客厅里打开电视机，用遥控器转换着频道。但他没有去按卫星转播的按钮。

他不想听到球迷的欢呼声，更别说看到对手球队主将接受采访时的那副德性了。他虽然为自己的小肚鸡肠感到害羞，但还是忍不住暗暗希望海豚队输掉比赛。

转换着频道时，画面上突然出现了晶代的脸。晶代本来就是个普通演员，按理不可能因为与达郎分手而时来运转，可没想到离婚后一眨眼工夫，她却成了能在电视剧中挑大梁的明星。

看着前妻功成名就的那张笑脸，达郎的精神状态变得更糟了。

这种时候最好是去练练身体，达郎走进晶代原来住的朝南房间，开始练习投球动作。

* * *

四月底，达郎按预定在教练佐古田的陪同下赴美接受第三次检查。达郎表面上若无其事，心里却惴惴不安。佐古田洞察

キュウアイ 15

达郎的心情，鼓励他说："没关系的呀！你要相信我。"

去年已经年届花甲的佐古田长期担任海豚队的教练，如今他在川崎市内拥有自己的诊所，但还是一口承诺当达郎的专职教练。诊所他已交给儿子管理，看上去一点都不牵挂。

J博士诊断的结果很乐观，说达郎已经可以到投手练习区去试试投球了，这令达郎高兴得简直想要跳起来。

达郎喜气洋洋地回到日本，向球队报告之后，径直去了训练场。

多米尼加国籍的里卡多来自美国职业棒球大联盟，他和二线队员一起，正在击球教练监督下反复练习。虽然已预定让他从开幕赛起加入一线参赛队，但在临来日本前女儿遭遇了车祸，因此来日本晚了几天。达郎听说预定下个星期他就要去一线参赛队。

这天达郎一丝不苟地做完康复训练项目以后，见里卡多正在运动员休息区边与翻译住田和马说着话，便朝他走了过去。

"你的动作很利索啊。"达郎用英语说道。他的英语说得并不流利，但他参加过美国职业棒球二线球员公开赛，还去亚利桑纳州的尤马集训过，因此有关棒球的事，他好歹能用自己独有的英语与对方交谈。

"我想领教一下你的快速球啊。"里卡多说道。

"恐怕你打不着吧！"达郎调侃道，说着一只眼睛故意朝他眨。

"大伙都指望你了，快归队吧！"里卡多轻轻拍拍达郎的肩膀。

两人谈到一半时，住田插话道："荒矢，我有件事想跟你商量商量。"

"什么事啊？"

住田朝里卡多瞥了一眼。理查德正要朝着安全围网①走去。

"你等我一下。"住田朝达郎说了一句，便小跑着向击球教练那里走去。

翻译除了在队里做案头工作之外，几乎所有时间都与外籍队员一起行动。虽说是同一个球队的人，但达郎与住田的关系并不密切。住田说有事要找他商量，达郎却丝毫估计不出住田要对自己说什么事。

住田和马虽然比达郎年长两岁，但他对年轻队员说话都很客气。据说住田出生在一流商社职员的家庭，毕业于纽约大学，大半时间生活在美国。学历过硬，英语又出类拔萃，真不知道他为什么会给棒球队员当翻译。

住田有股世家子弟的派头，队员们津津乐道地聊起荤段子时，他决不参与，只会薄薄的嘴唇露出淡淡的笑意在一边听着。他只管干好自己的翻译工作，在私生活方面与队员们没有丝毫交流，对棒球也没有多大兴趣，经常可以感觉到他的藐视神情，队员们在他眼中似乎都是胸无点墨缺乏教养的野蛮人。

达郎不明白这样的人怎么会有事找自己商量。

住田与击球教练三言两语地交谈完后，马上就回到了达郎身边。

---

① 进行棒球击打训练时使用的防护网。

キュウアイ 17

"到餐厅去说吧。"

两人离开球场向餐厅走去。达郎一边走着,一边有意无意地看着里卡多击飞的球。

餐厅正好在外场后方绿色屏障的背后,正靠着大海。

达郎要了杯咖啡拿在手上,在望得见大海的窗边坐下。风平浪静的海面上,海上保安厅的巡逻艇正在慢慢地出航。

"说吧。"达郎眼望着大海开口道。

"荒矢,你不想学钢琴吗?"

"学钢琴?"达郎愣住了。

"弹钢琴有助于身体康复,巨人队的桑田就是那么做的,这你也知道吧。那样对锻炼手指的末梢神经是很有效果的。"

"不是说桑田受伤前早就在弹钢琴了吗?如果是吉他,我还会弹一些,但钢琴可是一窍不通啊。"

住田点了点头,将目光移向大海,"我妻子是钢琴家,这你是知道的吧。"

"听说是个名人呢。不过,你不会是让我跟着你夫人学吧?你夫人真的……"

"你在美国动手术的时候,她遇上了车祸,左手中指和无名指骨折,肌腱也断了。"

"那,钢琴呢?"

"受过伤的手指,要过普通生活还不要紧,但要在舞台上演奏就远远还……"

"让这样的一流钢琴家教我弹什么?虽说她是在养伤,但她出于自尊心也不会教我《小偷进行曲》的吧?"

"很难办啊,"住田喃喃低语道,"她现在焦躁不安极了。"

"是怕自己也许再也不能上舞台了?"

"我不知道会不会落到那种地步,总之她每天都闷闷不乐,要不就是烦躁不安……"

"和我一样啊。"达郎笑了一声。

"所以我想让你跟我妻子学钢琴。"

"我不明白你的意思。"

"我发现她需要靠别人而不是靠家人来鼓起勇气,而且你同样也是受伤的人,却为了复出豁出去了,我觉得你很适合担任这个角色。"

"钢琴和棒球不能做比较啊。"

"不同的职业反而更好。我佩服你做康复训练的劲头,你严格遵守教练的吩咐,一声不吭地独自奋斗了一年多。你能全身心地投入,不去胡思乱想,我妻子意志薄弱,缺少的就是这一点。要是我妻子能受到你这种不屈精神的影响,情绪稳定一点就好了。"

听住田说自己"不去胡思乱想",达郎真觉得他是把自己当成了幼稚的小孩子。

"你真的那么乐观吗?就连我自己都常常感到很烦躁呢。"

"你不要紧张,可以权当交个朋友调节一下情绪嘛,即使钢琴学不好你也不会损失什么。再说,这对你的康复也有好处,绝不会成为你的负担的。你就答应下来吧。"

达郎仰靠在椅背上,双手抱在胸前,"听说桑田还是一个

キュウアイ 19

极其崇拜巴赫①的音乐迷,而我对古典音乐一点儿兴趣也没有啊。"

"这一点儿也没关系。我只希望你能通过弹钢琴来恢复手指神经功能,希望你豁出一切争取重上球场的精神能缓解我妻子的悲观情绪,其他不想请您再干什么。你只要跟着她学钢琴就行了。她现在教那些想当钢琴家的学生是为了调节情绪,那是没法让她重新站起来的。"

达郎一口喝干了咖啡。住田那句"豁出一切争取重上球场"的话在他心里投下了阴影。这句话说得没错,但自己并不像住田想的那样坚强,有时表现出的那种目空一切的态度,其实只是虚张声势。

"你夫人怎么说的?"

"她说可以试试。"

"真的?你没有强迫她吧?"

"其实她不是很起劲,但也没有不愿意啊。两三天前,我向管理部长鹫尾提起这件事,他也很高兴。"

"你对鹫尾说了?"

"不行吗?我是当翻译的,不事先向他打一声招呼……"

如若施加一些情操教育,也许可以使达郎成为稍稍成熟些的选手,不再给球队添麻烦。鹫尾肯定是这么想的。

达郎叹了口气,小时候的情景在他脑海里浮现出来。五岁

---

① 1685—1750,德国作曲家,主要作品有《马太受难曲》、《B小调弥撒曲》、《勃兰登堡协奏曲》等。

之前，他就是听着父亲弹奏的钢琴声长大的。

"好吧，我就跟着你夫人学学看。不过，你不要期望值过高啊，也许不会有任何效果的。"

"谢谢你了。非常感谢。"住田鞠了一躬，薄薄的嘴唇上充满着喜悦。

"可以问一个问题吗？"

"什么问题？"

"是你夫人来我家里教吗？"

"你有钢琴吗？"

达郎苦笑了笑，"我那离了婚的妻子以前想要，所以我为她买过一架。她只弹过一两次，好像就失去了兴趣，走的时候就扔在那里了。"

"我让千香子到你那里去。事不宜迟！"住田说着取出手机，"刚才忘了告诉你，我妻子叫千香子，上舞台时使用的是旧姓岸本。现在她正在娘家教钢琴。"

达郎站起身，望着大海尽情地伸了个懒腰。

空旷的餐厅里响起了住田的声音。

"伯母，我是和马。千香子在吗？……对不起，你能叫她接一下电话吗？我有急事……呃，千香子，记得前天提起的荒矢君学钢琴的事吗？他说想跟你学……"

住田用一副达郎自己要求学弹琴的口吻与妻子交谈着，达郎无奈地笑了。无论是对岳母的说话口气，还是对妻子的讲话方式，都听得出住田对妻子是很小心翼翼的。

"对不起，荒矢，今天傍晚你有空吗？"住田问。

"我的生活就好像每天在吃同样的套餐，所以任何时候都有空。"

"那能不能麻烦你今天六点半到杉并去一趟？"

达郎默默地点了点头。

白色客船的轮廓在薄雾中越来越模糊，眼看就要消失到猿岛的阴影里去了。

达郎想要回忆起父亲常弹的钢琴曲旋律，但他已经忘得干干净净，连开头的乐句都哼不出来了。

* * *

达郎按照住田为他画的草图，把车子开到了善福寺公园的西面。一进入这片幽静的优雅住宅街区，他感觉好像离东京很远了。住田妻子千香子的娘家就在东京女子大学的后面。

达郎在写有"岸本"的宅邸前停下车，他恍然大悟，似乎理解了住田对岳母和妻子小心翼翼的原因。住田千香子娘家的豪华宅邸很有气派，围墙正中的宅门是茶室式的。

按了内线电话通报完自己的名字，达郎拉开没有上锁的格子门，沿着竹篱隔出的通道向里走去。院内隐约飘来钢琴的乐声。

走到门廊前时，玄关门开了，一个圆脸的女人迎了出来，"对不起，小姐还在弹琴，您能等一会儿吗？"

达郎刚脱鞋时，和缓的钢琴曲突然被拳头敲击琴键的杂音打断了。

"要说多少次才能明白！这一段是曲子中最能体现温柔情

感的地方，像你这样弹就全完了！"

听到这歇斯底里的女人声音，达郎本能地看了一眼女佣的脸。女佣脸上依然毫无表情，只是用手示意了一下，"请这边来。"

从走廊朝里走时，又传来女人的说话声，但已经听不清在说什么了。

达郎被带进十叠大的日本式客厅，外廊的拉门开着，屋外的景致一览无遗。园子里有一个池子，里面没有水，却代之以白色的沙子。园景中有座蓬莱仙岛，被覆在金发藓浓郁的绿色中。白沙绿叶巧妙地融合在一起，显得格外优雅恬静。

达郎有个亲戚是经营园艺的，他在读高中时经常被喊去帮忙干体力活，所以他对花草多少略知一二。他看到沿着围墙种着一溜白栎树，杜鹃花在树前点缀着美丽的色彩。

客厅的壁龛前放着一张折叠式躺椅，与房间的日本式格调不太协调。

不一会儿，背后的格子门拉开了，一位身穿绸子和服的女人跟在女佣身后走了进来，达郎立即领悟到这里为什么放着折叠式躺椅。穿和服的女人撑着手杖。她右脚不方便，估计坐在草席上很困难。

女佣帮着她在椅子上坐下后，离开了房间。

"我是千香子的母亲慈子。很抱歉，我的脚不好，所以只能这副模样来见您。"

面对如此恭谦的寒暄，达郎正襟危坐，鞠了一躬。

"听说您总是很关照和马……"

キュウアイ 23

"不，是我受到他的关照。"

"您请随意。千香子的课好像要稍稍延长些，很抱歉。"

这女人气质高雅，却给人一种晦涩阴暗的感觉。她面颊凹陷，尖尖的嘴唇像取掉了假牙似的感觉不到活力。

整个房间弥漫着的消沉的气氛，和千香子母亲给人的感觉到很相似，待在这里让人感到很不舒服。达郎暗暗感到庆幸，还好不是在这房间里学弹琴。

"听和马说，弹琴是很好的康复训练，可我不认为钢琴会有助于棒球投手的康复。"

"投球时，手指神经的微妙感觉是很重要的。"

"原来打棒球也是很细巧的啊。对不起，我对棒球很陌生，所以刚才失礼了……"她那阴暗而硕大的两眼目不转睛地望着达郎。

达郎感觉自己像是一个在被评定品行的小学生，心里颇感郁闷。

刚才那位女佣端来了茶。

一阵沉默。达郎心想应该讲一些客套话，但最终也没讲出来。

西边的天空开始染成淡淡的橙色。起风了，园子里的白桦树轻轻地摇曳着。

"小姐的伤怎么样？"达郎问。

"恢复得倒还顺利，但要想弹出以前那样的音色……您的伤呢？"

"我也差不多。还不知道什么时候能回到投手板上去。"

"钢琴你能弹到什么程度？"

"这我一窍不通，如果是吉他，还能弹一点儿。"

"吉他吗？"千香子母亲把脸扭开了，像是要掩饰自己的失望似的。

达郎为自己轻率地答应学弹钢琴而深感后悔。这位母亲呼吸着的是与达郎截然不同的空气，看着她，就不难想象她的女儿了。

走廊里传来脚步声。

"好像终于结束了。"

片刻，格子门打开了。进来的女人扫了达郎一眼，立即将目光避开了。"妈妈，怎么……"

"是你没有遵守约定的时间啊。"

虽然语气很平静，但话中有刺。

住田千香子为自己迟到向达郎表示歉意。

"我的任务结束了。你们慢慢谈。"千香子母亲又深深地鞠了一躬。

千香子扶着母亲站起来。

母亲一离开，沉默再次降临。达郎感到有点儿尴尬。

千香子笑了笑，但不像是真心在笑。她有一双明亮的大眼睛，挑衅似的犀利眼神里看不出任何柔情；清秀的鸭蛋脸上配着厚墩墩的嘴唇，略显下垂的唇角流露出倔强的脾性，给人的感觉与挑衅的目光处于伯仲之间。

"钢琴，你以前从来没有弹过？"千香子提出了与母亲同样的问题。

"刚才我对你母亲也说过,吉他我还会弹一点儿。可钢琴,我从来就……"

"住田还什么都没对我说过,钢琴你打算学多久?"

"这……"达郎挠了挠脑袋,"我一点儿也说不上来。你想教多久就多久吧。"

"你这么说……"

"还要看你手指的情况是不是合适嘛。如果痊愈的话,你也没时间教我了。"

笑意像蜡烛熄灭似的从千香子的脸上消失了。

看来自己说了一句多余的话,达郎又缄口不言了。

千香子突然表情一变,"先试试以后再决定吧。按照我的时间来说,星期五傍晚可以。"

"能来我家吧。"

"住田是这么对我说的。"

"有什么需要准备的?"

千香子摇了摇头。

沉默降临。达郎想起刚才在走廊里听到的歇斯底里的声音。倘若受到那种声音的训斥,看来会吵架的。达郎越来越感到忧郁。

"对了,学费的事还没谈过呢。"

"住田吩咐说不收学费。"

"那我总得……"

"这件事请你跟住田谈吧。"千香子朝时钟瞥了一眼。

达郎把住址和电话号码写给了千香子,"你坐地铁去吗?"

"我会坐出租车去。"

"如果从这里过去，还是坐地铁……"

"你不用担心，我会严格遵守时间的。"

她的话里明显地带着刚愎自用的语气。

达郎画了一张简图，把公寓的位置告诉了她。

千香子把达郎送到玄关门厅。

"我后天五点钟到。"

"拜托了。"达郎微微笑了笑。

然而，千香子那挑衅的目光里却没有笑意。

* * *

达郎被球队事务所喊去，是在递交诊断报告后的第三天。

"荒矢，你在听着吗？"鹫尾的语气很急躁。

达郎扭回头来，"我在听着呀！不过，除了刚才那些话，我没什么好说的了。"

管理部长鹫尾，外加领队副岛、球队代表山边，他们坐在一起和达郎对峙着。

领队副岛恶狠狠地说道："你又不是第一次给球队惹麻烦。想想吧，开幕赛晚上你的丑闻，会给球队形象带来多坏的影响！"

"这种话我以前就听到过啊。"

达郎默默地伏下了眼睑。

山边长长地叹了口气，"这件事，就这样吧。鹫尾，你还有什么要说的？"

"记者正守在门外,你不要去理睬他们,强行通过去。"

达郎顺从地点点头,但心里在想,本来就没什么话可对记者说,你这不是屁话吗?

球队代表站起身来,"领队,明天比赛我也打算去看看。球队状态好的时候,我就能挺起腰板看球。你们可不要让我丢脸啊!"

"好的。"

副岛正要离开房间时,达郎对他说道:"领队,你不相信我吧。"

"相信倒是相信,不过嘛……咳,不说了。"

"'不过'什么?"

"你继续抓紧康复训练吧。"领队扔下这句话,便消失在门外了。

达郎独自来到大楼地下车库,坐进汽车里。记者都等在停车场的出口坡道上,一认出达郎的汽车,便涌上前来,按动了快门。

开幕赛的当晚,正在进行康复训练的主力投手却窝在女人那里。这种报道绝不什么美谈。然而,单身的达郎是不是与哪个女人有一夜情,却不值得没完没了地纠缠不休。

问题出在佳乃突然被捕了,罪名是违反了《毒品取缔法》。好像是警察获得情报,说她家里正在开可卡因派对,便冲入现场抓获的。

据说佳乃与某暴力团干部关系密切,并在出售毒品。

达郎并不在那个可卡因派对上,佳乃被捕后也说与他没有关系。但达郎还是由律师陪同在球队接待室里接受了警察的调查。负责询问的刑警对达郎总的来说是和善的，他们仔细询问了他与佳乃的交往情况，没有对达郎的回答疑神疑鬼穷追不舍。五十岁出头的小个子刑警甚至还悄悄地取出了签名本。

"这是贿赂啊！"达郎开玩笑地说道，飞快地签了个名。

与刑警相比，令人头痛的是媒体。对他们，达郎根本就不想说实话。

达郎坚信自己是一名正经的棒球选手。在转入海豚队之前，曾经被人传说与风俗小姐有关系。那时达郎完全是摆出吵架的架势面对媒体的。

"我想要和谁做爱，与棒球没有关系吧？既然没有必要向你们解释，你们这样浪费我的时间，对棒球才是一种妨碍。"

自从那次发火以后，达郎有了"讨厌媒体"的名声，这件事也成了人们经久不衰议论的话题。

和晶代的婚事开始登上电视综合节目和周刊杂志时，某家女性杂志刊登了以前与他有过关系的女白领的自白手记。

那女人暗示达郎曾向她求婚，并将达郎说过的队友和队长的坏话一一披露了出来。

达郎丝毫不记得自己向她求婚的事，但口无遮拦讲了领队和老选手的坏话倒是事实。尤其对领队副岛，他批评得十分尖锐，说副岛毫无计划、临时抱佛脚的用人方式已让自己忍无可忍。

那则报道掀起了波澜。其他周刊提起达郎和晶代的婚事时，用匿名队友或球界人士的谈话录形式刊登了对达郎的评论:"好像与黑社会有来往","从棒球用品制造商那里领取非法佣金","打麻将时很吝啬"……媒体上的评论净是些对达郎的攻击。

阪神赛打完以后,达郎的确曾在大阪的夜总会里与黑社会的干部一起吃过饭。那个人是因为非常熟悉达郎的父亲才来找达郎的,此后他们再也没有接触过。从某家棒球用品制造商那里,达郎也曾接受过一百万专属合同费,但那种事情司空见惯,更何况一百万也没有超出法律的限制。有关搓麻将的评论没有任何意义,这只能说明达郎麻将打得很精。

这些评论无一不是对达郎的中伤,虽然没有危及他的运动生涯,但从此他便被抹黑成了有悖体育运动精神的负面形象。

和晶代离婚时,达郎坚持无可奉告的态度,没有召开记者招待会,所以媒体也大肆渲染,不问青红皂白地乱写了一通。

有本棒球漫画杂志将达郎模样的殿后主力投手描绘成反派角色。尽管达郎火冒三丈怒气冲天,但那漫画只是画得像,名字和球队都不一样,所以他也只能有气没处出。

专业棒球也是靠人气的。无赖的形象对达郎来说不可能加分,但令人奇怪的是,这反倒迎合了一部分球迷的喜好,得到了那些历尽磨难的中小企业主和一批对社会抱有成见的文化人的支持。

达郎本人从来不觉得自己是个无赖。也丝毫不在乎球场外发生的事会让球迷们怎么想。他自负地认为,自己将所有的一切奉献给棒球的热情绝不会输给任何人。

采访记者手持麦克风紧贴在车窗上,警卫将记者们往后推开，达郎才能将奔驰车缓缓地朝前行驶。他想按喇叭，但还是作罢了。因为他感觉自己如果按响喇叭，已经烦躁得膨胀起来的心灵气球就会爆炸。

遮挡着前方视野的记者终于散开时，他猛踩油门，朝着训练场驶去。

训练一结束，记者们又围住了达郎。达郎一言不发，透过墨镜瞪了记者一眼，钻进了汽车里。

回到公寓后，达郎打开一瓶轩尼诗的封口，这瓶三十年的白兰地是球迷送的。他拿着玻璃酒杯走到东面阳台上，一把花园用的白椅子上积着灰尘，他掸也不掸就坐在上面，把杯子朝嘴边送了过去。

民子不在家里，大概去买东西了。

达郎觉得有一种压迫感，好像即使深呼吸，空气也到不了肺里。一想起领队怀疑自己的那双毫不掩饰的眼睛，握酒杯的手就会愤怒得微微颤抖。

雾气氤氲，朦朦胧胧的蓝色覆盖着天空。一艘汽艇从千住大桥的方向朝上游很快驶来，嗡嗡的发动机声越来越响，快艇尾部甩出"八"字形的白色波浪，从达郎眼前又向远处驶去。达郎所在的阳台沉没在阴影里，河上吹来的风冷冷地刮在酒后有些发热的脸上。

白烟从对岸工厂的烟囱里吐出来，盘着螺旋随着风飘去。

忽然，达郎想起了自己的小时候。

家就住在澡堂后面，所以他是看着烟囱里冒出的烟长大的。

那天风特别猛,澡堂烟囱里冒出来的烟,被风压得匍匐着在民居屋顶上流动。

达郎眼睛已经哭得红肿,心里巴不得从烟囱里飘出火苗来,让整条街道成为火海。

刚放暑假的一个下午,家里涌进一群男人,脚步声立时毫无顾忌地响彻了楼梯和走廊。男人们全都戴着白手套,一名年老的男人把达郎从母亲身边拉开,带到隔壁的房间里。

听到母亲的啜泣声,达郎咬着嘴唇,抬头注视着男子。

"和你没有关系。"男子抚摸着达郎的脑袋说道。

一阵翻箱倒柜的声响之后,母亲出现在他的面前,"妈妈要有一段时间回不来。已经和上田的舅舅联络过了,你要待在家里等舅舅来啊。功课要好好地做。以后你到了舅舅家里,不要挑挑拣拣,给你什么就吃什么。"

母亲脸上的化妆被泪水冲得看上去很凄惨,以至于达郎无法开口问"你去哪里"。但他好歹能够明白,警察要把母亲带走。

母亲聪子是因为触犯毒品取缔法而被捕的。

当时,荒矢母子住在长野县佐久市的母亲娘家。母亲聪子和在东京生活时认识的乐队队员一起生下了达郎。然而达郎的父亲好像是一个两性关系很复杂的男人,他们的夫妻生活在达郎五岁那年破裂了。聪子带着幼小的达郎回到了老家。

由于是初犯,母亲很快就获得保释,后来判的是带缓期的轻刑。但大概在老家待不下去了,她获释后便寄居到上田的哥哥家里,她哥哥在那里经营园艺业。

其实，达郎与领队副岛相识很早。副岛也出生在佐久市，读高中时和聪子的弟弟组成了投手和接球手的搭档。靠着主力投手副岛的大显身手，那个高中的棒球队最后冲进了夏季甲子园参加比赛。但第一场比赛便吃了苦头，输掉的原因是接球手的投球失误。可以说，荒矢家从以前起就与副岛很不投缘。

不言而喻，达郎母亲犯下的事也会留在副岛的记忆里。有其母必有其子，副岛大概从一开始就这样不信任达郎。

其实那起事件在达郎内心里产生的作用与副岛的想象截然相反。那个夏天警察冲进家里逮捕母亲的心酸记忆，使达郎成了一个不要说涉足毒品、就连烟都不抽的男人。

达郎对媒体那些人始终采取拒不配合的态度，与当年街坊邻居们的白眼和捕风捉影的中伤不是毫无关系的。

玻璃门突然打开，民子探出脸来，"哇！你坐在这里的景致很美啊。"

"你也来一起喝吧？"

"说好是今天开始学弹琴吧？"民子的目光落在手表上，"用不了三十分钟，老师就要来了呀！"

达郎没有忘记，但满脑子塞满了骤然想起的毒品事件，他完全失去了学钢琴的情绪。

看了看表，下午四点三十五分。千香子应该早就从家里出来了。

达郎拿着喝剩半瓶的白兰地和玻璃酒杯回到房间里后，又一口气喝了一杯。民子毫不客气地走上前来，拿走了酒瓶，"我去帮你泡杯热茶，真拿你没办法。"

不久，民子备好茶返回来，"我是专门搞演歌①的，对钢琴一窍不通，但我知道岸本千香子这个钢琴家是很有名的啊。我有个熟人的女儿以前在武藏野音乐大学读书，是她告诉我的，说千香子读大学时在国际比赛中获得过第一名，还留学巴黎，是音乐学院毕业成绩最好的学生。"

"那女人感觉很傲气啊。"

"没办法呀！"民子一边沏着茶一边说道，"很烫啊，小心点儿。听说她母亲年轻时也是钢琴家呢。独生女儿千香子从三岁时起就接受母亲严厉的指导。"

"我还见到她母亲了呢。长着一双像是电影里盖世太保女看守似的眼睛。"

千香子是独生女儿啊？她好像已经入了住田家的户籍了。这些事本与达郎无关，却冷不防掠过他的脑海。

"对你也得有双眼神牢牢盯着吧。要是靠我这样的大和抚子②，你可就完了。"

民子催促着说，迎接客人至少要穿戴整洁，这也是一种礼貌。达郎迟疑地站起身来，但醉意超出了想象，他感到脚下稍稍有些飘。

他挑了条海力蒙长裤，又把夏威夷买的名牌羊毛套衫套到身上，就在这时，门铃响了。民子应声的嗓音矫揉造作得与平时大不一样，这让达郎感到有些诧异。

---

① 一种带感伤情绪的大众流行歌曲。
② 指日本很传统的女性。

走进客厅时，千香子已经坐在沙发一端，正要把肩上的黑色大皮包放在地上。

她穿着巧克力色长罩衫和同一色系的紧身裙，长发在脑后扎成一束，前刘海在圆润的额头上呈月牙形从右向左梳着。

目光刚一相遇，千香子顿时将厚实的嘴唇张得半圆，两眼严厉地注视着达郎。

"遇到一件高兴的事，所以喝了些酒。对不起。"

达郎还以为她会微笑着接受自己的解释，不料千香子面不改色，从手提包里取出大开本的书放在桌子上。

"现在不一定马上就用，不过我先把教材带来了。"

这公事公办的态度让达郎有些不悦。

他在千香子面前坐下望着书。书的封面上写着"拜尔"①。

民子把沏好的红茶端了进来。达郎几乎不喝红茶，家里竟然会有红茶，他很奇怪。

"钢琴在哪里？"

"在里间。"

"乐谱的读法和乐理知识，我每次教你一些。你弹琴是为了手指康复，所以还是马上就开始吧。"千香子开门见山地说道，对民子端来的红茶连碰也没有碰。

"你有急事？"

"不是。"千香子直视着达郎的脸，断然答道。

---

① 1803—1863：德国钢琴家、作曲家，所作《钢琴入门》为世界各国所广泛使用。

"先喝点红茶怎么样？或者还是喝酒更能轻松轻松？"

千香子眨了两下明亮而冷峻的眼睛，"我不是特地从杉并来玩的。倘若你不想认真地学，就明说好了。"

达郎将目光从这个好胜的女人身上移开，站起身，"我带你去放钢琴的房间。"

千香子默默地在达郎的身后跟了上来。

钢琴依然放在原来晶代住的房间里。家具等日用器具都被晶代带走了，除了钢琴和大型穿衣镜之外，这间木地板的屋子里没有放任何东西。阳光从西窗射进来，在木地板上照出了一块光亮。

大概是这个房间里走进了个叫千香子的女人，达郎那已有几分醉意的大脑受到刺激，眼前又掠过了晶代的身影。然而无论怎么寻找，这房间里都不可能找到以前生活过的女人的痕迹和气息。

达郎发现没有千香子坐的椅子，便回到门厅拿起一把晶代自作主张买来的意大利椅子。就在这时，屋子里传来了钢琴声。那只是在弹音阶，民子却忍不住从厨房里探出脸来听千香子弹琴。

"真是个自命不凡的女人啊。"达郎说道。

"你说什么呢？见到学生第一天上课就喝得醉醺醺的却不发火，这样的老师才不会让人讨厌呢！"

达郎用鼻子哼哼地笑了笑，拿着椅子回到了千香子待着的房间。

"好像从来没有调过音啊。"

"这钢琴是为离了婚的妻子买的，没有人弹过，即使要调音也不会调。"

"你坐下。"

达郎坐在钢琴前。

"把手指放在琴键上，挺直腰背。椅子太高了，请你把椅子降低到肘部正好成直角的位置。"

达郎把椅子打量了一下，转动控制杆，调整了椅子的高度，"这么高行吗？"

"很好。以后你多弹弹，就会知道自己弹琴时合适的椅子高度了。"

接着，千香子开始教他正确的手形。

"不要用力，要放松。"千香子将自己坐的椅子拉近钢琴，把右手放在琴键上。

那手指纤细而颀长，成弓形放在琴键上，让人联想起蜘蛛捕捉到猎物的瞬间。

"感觉就像是轻轻握着一个鸡蛋。"

千香子弹给达郎看了好几遍。每次弹奏，那修剪得很短的美丽指甲都会反射出淡淡的灯光来。

达郎的视线从千香子的手指移到她的侧脸上。她的面颊很松软，但下颚的线条却格外尖削。厚厚的嘴唇抿得紧紧的，显出一股不加掩饰的恣肆，仿佛她不仅对一切无所顾忌，而且只要有想要的东西，她都会去贪婪地索求。就连那冷峻的眼神，从侧面看去，也似乎透射出一种蕴含着不安的孤寂。

"你在听我说吗？"千香子的唇角像是感到一阵剧痛似的歪

斜着。

"在听啊,是像握着鸡蛋那样吧。"

达郎一边移动着放在琴键上的右手,一边望着千香子微微一笑。

"就是在听,你这个人也够没有礼貌的啦。教满嘴酒气的人学钢琴,我有生以来还是第一次。"

愤怒会让女人变得如此美丽吗?达郎仗着几分醉意,即使面对那副冷峻目光的逼视,也毫不退缩,仍然肆无忌惮地注视着千香子的脸。

"刚才我不是道歉过了,说有高兴的事吗?"

"你是喝醉了吧,注意力根本集中不起来。你到底想不想认真地上钢琴课?"

"上次去你家里时,你也在大声地训斥学生吧。你是以前就这样歇斯底里的?还是因为受伤……"

冷冰冰的表情在千香子的脸上扩散开来。

"如果你不满意我的教法,就请直截了当地说好了,我不想浪费宝贵的时间。我对棒球没有任何兴趣,既不是教练也不是技术指导。请你不要忘了,我是受丈夫之托才来教你的。"

"优秀的钢琴家不愿意教我这样的学生弹琴。你是这个意思吧。"

千香子突然一拳头砸在琴键上,不悦的琴声在空旷的房间里回荡。

"我没法教喝醉酒的人弹琴,对不起了,钢琴课就到此结束。我告辞了。"

千香子猛然合上琴盖，达郎的手指差一点儿被夹住。这可是最重要的手指啊。达郎也气得发抖。差一点朝着千香子趾高气扬的背影一顿臭骂。他能够克制住自己，是因为没有忘记千香子是住田的妻子。

达郎呆呆地坐在钢琴前，钢琴上隐隐映出自己的脸，那是一张扭曲的脸庞。

民子走进房间里来。

"回去了？"达郎问。

"我不知道出了什么事，反正我已经向她道歉了。"民子语气平静地说道，好像什么事也没有发生过似的。

"我没有不礼貌呀。不对，看来还是我不好吧？"达郎将身体靠在钢琴上，自问自答地说道。

耳朵里还响着千香子拳头砸出来的烦躁而沉闷的琴声，那琴声仿佛与达郎的灵魂呼声在交相回应。

* * *

达郎连民子准备好的晚餐也没吃，便钻进了被窝里，醒来时已是晚上十一点多了。

餐厅里放着民子留下的纸条：

——饭菜都放在冰箱里，酱汤要加热。你真是个无可救药的人，没人能跟你交往下去。明天见。——

给酱汤重新加了加热，生姜烤猪肉没有加热就放在了餐桌上。达郎一边吃凉拌菠菜，一边翻开了晚报。

佳乃牵扯到的事件足足登了三个版面，她那张薄命的面孔登在著名笑星的照片边上。达郎忽然想起佳乃身体里散发出来的矿物质的怪味。那大概就是毒品的气味吧？

难道……达郎想否认自己的猜测，却还是觉得那就是毒品的气味。

他打开电视机，正好是职业棒球新闻开始的时候。

海豚队从揭幕赛起就开了个好头，十七场比赛下来十二胜五负，积分位居榜首。快攻的主角是代替达郎担任殿后的投手河田，他已经积攒了六个救援分。

达郎感到肚子饿了，却吃不下饭。他平时酒量大得出奇，这天夜里却头痛得厉害，即便服了镇痛药，心中的愁苦也无法得到排遣。

想起千香子紧闭着嘴唇颤抖着肩膀走出房间的背影，沉重的心情变得更加郁闷，悔恨的情绪一个劲地往上喷涌。

门铃响了。正是零点刚过的时候。达郎向内线对讲机走去，心中诧异现在这个时候谁会找上门来。

原来是住田和马。

住田一进房间便恭恭敬敬地表示着歉意，"这么晚来打搅，真对不起。"

住田突然来访，达郎心里十分高兴。尽管不是千香子本人，但自己能表示歉意的机会这么快就来了，他有一种如释重负的感觉。

达郎请住田喝酒，但住田说他要开车，拒绝了。达郎于是拿出了乌龙茶。

桌子上，千香子扔下的教材还原封不动地放着。

"我怠慢了你夫人,请你替我向她道歉。"

"她说了什么让你生气的话吧。我为这个不知天高地厚的任性大小姐伤透了脑筋。"住田不好意思地笑着说道。

千香子一生气就变得格外漂亮,像住田这样成熟的男人与她很般配。达郎望着住田那薄薄的嘴唇,心里这么想到。

"我冒昧来打搅,是因为千香子无论如何也不愿再教你了……我是来道歉的。"

"我喝醉了。第一次上课就喝醉,这样淘气的学生,她自然没法教下去。是我不好,不是你夫人的错。"

"不,当老师的不可以挑剔学生。何况今天又遇上了那种事,这种时候对你也不能求全责备。"

"怀疑我吸毒的事,你对夫人说了?"

"说了不好?"

"没什么好不好的。总之,今天的事是我不对。请不要在意。"

"球队里,我会汇报的,就说我妻子身体不好,教课停止了。这样可以吗?"

"那太好了。"

"这房子很气派啊。"住田打量着房间赞叹道。

"一个人住太大了。"

对话中断了。住田没有站起来的意思。达郎估计他也许还有什么话想说,便等着他开口,但住田没有说话。

"受伤对你夫人的影响,我这样的外行就是看了也不懂啊。"

キュウアイ 41

"弹高难度曲子的时候,左手的无名指还不是很灵活。白白浪费了半年多时间,所以她就纠结起来,心里总是没法安定。"

"我非常理解她的心情。"

"你很了不起,从不把心里的烦躁放在脸上。"住田又露出了笑脸。

"只是没有发泄的对象罢了。如果我还有妻子的话,那肯定会乱发一通的。"

住田深深吸了口气,又静静地吐出来,"我是希望千香子能帮助你恢复手指功能,也希望你帮助我妻子在心理上逐渐康复。"

"我上次就说过,那种伟大的工作,我是干不了的。说实话,看样子夫人生性就是不苟言笑的,也可以说她是个不适合有笑脸的人。能招架她的,不是我这种急性子的男人,而是像你那样冷静的人。"

住田端起玻璃杯,简直像饮酒似的一口气将乌龙茶喝干,看得见他的额头上微微地渗出了油腻的汗。

"我搞不定她。"住田喃喃说道,细微的声音里渗透着苦涩。

"不可能吧。"达郎故意很随意地说道。

住田的表情没有丝毫放松,两条腿开始不停地抖动。他擦着脖子上的汗,深深吸了口气。

"说起来很没面子,千香子有个年轻情人。那是个初露头角的小提琴家。"

面对这出乎意外的心腹话,达郎无以答对。

"今天晚上好像也在约会。"

"确实吗?"

"我去参加一个演奏家的酒会时,偶尔听到知情人在传说这件事。"

"你问夫人了吗?"

住田的脸上浮现出自嘲的笑意,"没想到她爽快地承认了。"

"后来呢?"

住田怔怔地望了达郎一眼,随即把目光移开了,"两人都是演奏家,相互投契,这是毫无疑问的。千香子是想靠着和年轻小提琴家的交往,勉强保持心理上的平衡吧。对方是小提琴家,不会出现竞争,也不会产生嫉妒。这样的相好对千香子来说正合适。"

你可以狠狠地揍她嘛!达郎差点儿说出口来,但他把话咽了下去。住田和千香子生活出身于城市里的大户人家,是与自己截然不同的另一个世界的人,那种细腻情感的是非曲直,与达郎遭受的挫折具有完全不同的性质。他们的夫妻关系不是靠一顿拳脚就可以搞定的。对这样的人,达郎的话也许起不了任何作用。

"我不是嫉妒他们,只是作为我来说,还是……"

住田是在嫉妒。为什么不承认这一点呢?

"还是很恼火吧?"

"是很恼火,但一想到憋在千香子心里的伤痛,我就无话

キュウアイ 43

可说了。结了婚的人心里喜欢别的异性,也没什么可奇怪的。"

达郎听不得这种没有血气的辩解,对这种羞羞答答的牢骚很生气。他的心情顿时变得很糟。

"夫人承认和那小提琴家睡觉了?"

住田眼睛里掠过一丝不悦,但这种神情转瞬即逝,豁达似的笑容又出现在他的脸上。

"我没有直接问她,恐怕已经是那种关系了吧。因为我外出参加比赛期间,她好像没有住在家里。"住田说到这里,突然叹了口气,"谢谢你能听我说说,心情也舒畅了些。请你不要告诉别人啊。"

"我不会说的,但这样的事,你为什么对我……"

"我就是想找个人说说。"

住田缓缓站起身,对自己的贸然来访表示歉意,再次叮嘱达郎不要对别人说,便离去了。

达郎打开一罐啤酒,回到床上。

他仿佛觉得已经理解了住田希望千香子当他钢琴老师的真正用意。让千香子见识见识达郎重回赛场的奋斗精神,倘若千香子能因此振作起来,就会不再需要年轻的情人。住田也许是企盼着会发生这样的奇迹。

达郎喝干啤酒,闭上了眼睛。

他在想着千香子。这个愤怒起来脸蛋很漂亮的女人,会怎样表现她的愉悦呢?他眼前浮现出千香子振颤着肩膀愤然而去的身影,头脑里想象着她的裸身。

*　*　*

　　暖墩墩的风儿拂动着高高伸展在头顶上的树枝，达郎手捧一束麻叶绣线菊在小道上走着。阳光穿过树叶间隙将淡淡的斑驳洒在地上，四周弥漫着泥土的清香。

　　达郎驾着汽车朝与横须贺完全相反的方向开去。在去训练场前，有个地方他无论如何要去一下。

　　两盏灯笼静静地守候在小道上，对面出现了一座精致的塔，一支蜡烛在塔中央摇曳着。

　　天上飘浮着阴冷的空气。

　　悬吊着的灯笼上写着"十二支观世音"、"动物大法事"。

　　达郎不惜放弃上午的康复训练，来到深大寺里的动物灵园。

　　这天是"十八"——达郎那只长着虎皮斑纹的宠物猫——的忌日。

　　这里的供奉塔名为万灵塔，塔旁清扫的老人向达郎鞠躬致意，"您辛苦了。"达郎也向老人还礼。

　　在供奉塔里双手合十之后，达郎走进围着广场的楼房。楼房里就是所谓的公寓墓地，分隔成小四方形的棚架密密匝匝地排列在通道两侧，上面写着"爱犬次郎"、"爱猫格莱"之类宠物的名字，名牌前放满了五颜六色的鲜花。

　　一走进这里，仿佛就能感到飘浮着的动物幽灵，葬人的墓地里完全不会有这种感觉，但这里常常会觉得有什么东西贴上了后背，冷不丁让人浑身一哆嗦。

通道很狭窄,魁梧的达郎只能缩着身子朝"十八"的安息之地缓缓前进,生怕把棚架上伸出来的那些珍贵的花朵碰落下来。

　　他将一束麻叶绣线菊供上,双手合十。达郎平时很少流泪,但对动物却十分慈悲。

　　脑海里一出现"十八"的面影,他就感到眼睛一阵发热。他想嘲笑自己不该那么没出息,眼泪却夺眶而出,怎么也止不住。

　　身后好像有动静。难道是"十八"的幽灵?他惶恐地回过头去。

　　没想到就在转身的瞬间,肩膀把装点在架子上的芍药花碰落在地上。

　　他看见千香子就站在通道中央。想起自己还泪珠涟涟,达郎赶紧弯下腰去捡落在地上的花,以便掩饰着自己的表情。

　　"我吓了一跳,还以为是幽灵呢!"

　　"我,还没有死。"千香子莞尔一笑,但她的眼睛里却没有显示出任何感情。

　　"你怎么在这里?"达郎喃喃地问道。

　　"我是来看望死去的狗。"

　　"什么时候来的?"

　　"在你来之前刚到。你是径自往这里走,所以没有注意到我。"

　　"今天是你爱犬的忌日?"

　　"不,是生日。我以前一直为它过生日,所以死了以后,我还是为它过生日。"

瞬间的沉默降临。也许是有隔阂的缘故，沉甸甸的气氛笼罩着达郎。

"嗯……"达郎怯生生地开口道，"我能去祭拜你的狗吗？"

"好吧，你请。"千香子依然毫无表情地点了点头。

达郎跟在千香子身后，朝通道的另一头走去。

牌子上写着"爱犬影丸安息于此"，牌子前供着紫色的小花。

达郎双手合十的时候，千香子来在"十八"的墓前，也同样地合起着双手。

达郎回过头来时，遇到了千香子的目光，千香子正站在狭窄通道的另一头。达郎随意笑了笑，千香子却缓缓地把头转向一边，朝着出口走去。

千香子穿着枯草色的男式套装，乍一看像是军服。里面的衬衫是嫩草色，头发像上次一样在脑后扎成一束，两鬓没有拢上的淡淡的短发随风飘动着。

"上次真的对不起。我已经向住田先生道歉了，不能直接向你道歉，我心里一直很不安。"

千香子对达郎的道歉充耳不闻，紧绷着脸望着天空。

"你接下来还要去练球？"

"是康复训练。谈不上是什么练球。"

"你没时间了吧？"

达郎看了看时间，"还来得及。"

"能请你陪我一会儿吗？"

キュウアイ　47

"噢。"

千香子请达郎一起走到动物灵园后面的神代植物园里。

因为是天气宜人的休息天,游人如织。蔷薇园里尤其热闹,有提着照相机的摄影爱好者、结伴而来的夫妻,还有集体游玩的小学生。

两人从攀缘蔷薇旁走过,在能将蔷薇园一览眼底的长凳上坐下。

喷水池的草坪上到处都种植着铺地樱,绿色和粉红色的反差非常鲜明。

"影丸是怎么死的?"

"是老死的,它活了有十五年。'十八'呢?"

"是从阳台上掉下去的。"

"就是那幢公寓?"

达郎悻悻地点点头。

"那么高,猫掉下来也活不了啊。"

"十八"是达郎从单身时代开始喂养的猫。它还是只小猫时迷路闯进了达郎的宿舍,达郎将它收留了下来。当时达郎球衣的号码是"51"。他满心希望尽快穿上主力选手的"18"号球衣,所以给它取名"十八"。

晶代讨厌"十八",但她从来没有明说过。倘若是波斯猫或南美栗鼠,晶代的态度也许会大不一样。她就是那种女人。达郎再三提醒晶代不要让十八去阳台,但晶代几乎没把他的嘱咐当回事。"十八"摔死的那天晚上,达郎动手打了晶代。现在想来,这是两人不睦的开端。

"每年忌日你都来祭奠？"千香子问。

"是啊，不管什么事我都会扔下不管来这里。"

"那么，早晚会在这墓地里和我再见面的吧。"

"不好意思。"

达郎笑了笑，千香子阴沉的眼瞳里忽然掠过一丝光亮。

"康复训练顺利吗？"

"到现在还算可以。"

尽管J博士说他能重返球场，但他并没有一回国就上投手板训练投球。达郎是从五十米的投接球训练开始，然后将距离慢慢缩短，等恢复到正式投球距离十八点四四米时，才能站到投手板上去。

下个星期开始就能恢复到这个距离，接下来就要进入一个新的训练阶段了。

"是很顺利，但翻来覆去地训练，非常单调。我腻得真想停止呢！"

"住田表扬你了，说你毅力很强。"

"我是靠棒球吃饭的，所以只能干下去。我从小就只会打棒球。如果现在被除名，我就没事可干了。"

千香子抬起头来，云层被推得很高，响晴薄日，碧空如洗，鸽群在天空中飞舞。

千香子望着天空一动不动，被阳光照得眯起了眼睛。

"那天你不是什么有喜事吧。不过，这样不是很好吗？你的嫌疑洗清了。"

"怎么说呢。"

一些周刊又报道了达郎和佳乃的关系，文章只字未提达郎和毒品有染，但让人觉得他与黑社会有着很深的交往。

千香子快言快语地说道："我想告诉你，那天的事，我后悔自己太孩子气了。"

这次轮到达郎抬头望着天空了。

"我自己在进行手指的康复训练呢！"

"是在练习弹钢琴？"

达郎不好意思地点了点头。

千香子留下的教材里夹着几张初学者用的简单练习曲。他一直照着它在练习弹琴。

"你说是要像握着一个鸡蛋吧？"达郎望着千香子，双手分别做了个半圆。

"弹到哪里了？"

"没多大进展。"达郎将双手的手指放在膝盖上，一边哼着"哆唻咪发索啦西哆"，一边移动手指。

"手形非常好啊。"

达郎望了一眼千香子膝盖上轻轻叠着的双手，没有发现伤痕。

"你的康复训练进行得怎么样？"

千香子没有马上回答，左手的手指在右手的指甲上微微颤动了一下。

"啊……"千香子发出一声仿佛从喉咙里挤出来似的古怪声音，左右手交换了一下，把受伤的手按在膝盖上，面颊上两次出现了轻微的痉挛。

看来达郎的提问如针一般刺中了她的心脏，这大概是不能问的吧？

"荒矢君，你认为自己还能打棒球？"

那毫不客气的口吻，好像是对达郎提问的报复，达郎有些不悦。

"当然。"他用自信满满的轻松语气回应她的报复。

"我听丈夫说，你动了很大的手术。"

"巨人队的桑田也做过同样的手术，但他成功地东山再起了。"

"真的吗？"

"我听说你的手术也很成功。"

"平时生活没有妨碍，不过无名指还有迟钝感，也常常疼痛……"

"医生说什么？"

"医生又不是钢琴家。"

"我的情况也是这样，康复训练要花很长时间。"

"如若不能回到受伤前的演奏水平，对我而言，就不能算是痊愈。"

"我也是一样的。"

"可是，若是棒球，住田对我说，即使投不出快速球，靠变化球也能幸存下来。但弹钢琴的话就行不通。钢琴没有直球和变化球,要完美地弹奏李斯特①和拉赫玛尼诺夫②的曲子,手指就必须恢复到原来的状态。手指神经要和以前丝毫不差,否则就不行。"

千香子的胸膛和肩膀大幅度地上下抽动起来,这种时候达郎不便插嘴,他默默地朝蔷薇园望着。

几名男孩和女孩叽叽喳喳地叫嚷着,在蔷薇园的通道上来回奔跑。不时传来乌鸦悠闲的啼叫。

"对不起,我多嘴了。"

达郎偷偷瞟了一眼千香子的侧脸,激动好像还没有平息,面颊依然一片苍白。

"我该去横须贺了。要不要我送送你……"

"我再在这里待一会儿,因为说好要给母亲买盆景回去的。"

达郎站起身,扭头望着千香子,"反正你得坚持康复训练,不能气馁。再见。"

走了没几步,千香子的声音追了上来:"荒矢君,你还想跟我学钢琴吗?"

达郎顿时犹豫起来。虽说这女人生气时的脸蛋很漂亮,但自己也是争强好胜的人,他完全没有与千香子友好相处的把握。

---

① 1811—1886:匈牙利作曲家、钢琴家。主要作品有《高级技巧练习曲集》和《匈牙利狂想曲》。
② 1873—1943:俄国作曲家、钢琴家,主要作品有钢琴协奏曲4部、《帕格尼尼主题狂想曲》等。

短暂的冷场,千香子好像把它理解成了达郎的拒绝。

"刚才的话,你就当没有听到吧。"

大概是自尊心受到了伤害,千香子的眼睛蒙上了阴影。

达郎觉得应该说一句解释的话,但他说不好。

"这个星期五,我不喝酒等着。"

"有件事要拜托你,在上课前,能让调音师去你家一趟吗?"

"好的。来之前请打个电话,上午或傍晚民子肯定在。"

达郎飞快地把话说完,离开千香子向远处走去。

在蔷薇园的通道上走到一半时,他悄悄地回过头去张望。

看不到千香子的影子了,达郎有些沮丧,他恨自己竟会如此没出息。

* * *

达郎用脚踢着泥土,好使自己适应练习区的投手板。他汗水淋漓,身体发飘,根本使不出劲。已经一年零一个月没踏上投手板了,达郎感觉紧张得像初次参加比赛一样。他百感交集,既为"总算到了这一步"心里高兴,又为"以后才是真正的训练"感到焦急。

达郎在投手教练、陪练以及记者们的注视下投出了第一球。四周响起了掌声。达郎脱下帽子鞠了一躬。他抑制着胸中的激动投出了第二球。这天,按规定只允许他投二十五个球。达郎不断地投着,十分珍惜每一个球。

回到家里，民子正在烧红豆米饭①。

"只不过勉强踏上了练习区里的投手板啊，不值得烧红豆米饭的。"

"说什么呀！你顺利走到这一步，我虽然不是你什么人，但也该庆祝庆祝嘛。"

民子喜气洋洋，但达郎还不知道会不会辜负周围人的期望，这种性急的庆功饭对他来说不啻一种沉重的负担。

这天是星期五，是千香子重新来上课的日子。

"千香子小姐能在今天这个喜庆日子里重新来教你，真是太好了。因为如果在你不高兴的日子来，真不知道又会出什么事呢。太好了，太好了。要是你上次失礼之后一直没有和好，那对你的形象也会造成伤害的。"

看来对于达郎重新跟千香子学钢琴，民子是喜不胜收的。

"我这种人的形象，早就已经遍体鳞伤了。"

"毒品的事是受冤枉的，和女人玩也不违反道德。不过那天是你不好。"

"我已经听你说过好几遍了，真唠叨。"

又站上了投手板，达郎心情的确很好。但正因为康复训练进行得很顺利，所以他意识到在希望背后正萌生着新的不安。

海豚队的快攻核心队员河田在四月份被选为最优秀选手。

一看到媒体介绍河田大显身手的报道，达郎便会陡感一阵揪心似的不悦。他想尽快站在正式比赛的投手板上，他感到着

---

① 日本民俗之一，遇到喜庆时表示庆祝吃的饭。

急了。可是，无论康复训练进行得多么顺利，他都无法预测自己在这个赛季中能否复出。

达郎用力张开右手的五指放在眼前，受伤前他从没有这样注意过自己的手。握球时就连手指的末端都直接接受着大脑的指令，这使他至今仍感到很神奇。大脑和手指之间的肘部不行时，从大脑给手指的指令也会失灵。

达郎做了个握球动作。手指，手，还有肘部，都使不出力。

民子把一个盒子放在达郎的面前。

"这是什么？"

"唱片……不，是CD啊！"民子的"CD"发得有些走音，"刚才我到上野去，买了千香子的CD啊。"

"哦，是吗？"达郎心不在焉地答了一声，打开了盒子。

"事先买好老师的CD是一种礼貌吧。达郎，你太粗心了。"

达郎目光落在CD的护封上。这张《肖邦名曲集》里全是钢琴独奏，封面是千香子胳膊撑在三角钢琴上的脸部特写。

那照片显得比现在的千香子纯真、健康，但那冷漠到骨子里的眼神却和现在的她没有多大差别。即使嫣然地笑着，仍可让人感觉到笑容这张面纱背后的锋芒。达郎心想，这大概是已经认识她本人的缘故吧。

"你来放放看呀。这机器我不太懂。"

在民子的催促下，达郎站起身来。

达郎听着CD里钢琴幽静的旋律，一边打开运动包，从里面取出要洗的衣物。运动包里放着印有银座有名的乐器店店标的袋子，他刚才也买了千香子的《肖邦名曲集》。

　　下午正好五点时，门铃响了。千香子一身宽松的浅蓝色短袖编织衫，配着白色的超短裙，短袖编织衫像运动服那样中间是一条拉链。

　　千香子戴着深色墨镜，寒暄时露出了白色的门牙。大概是具有特征的眼睛隐藏在藏青色背后的缘故，厚厚的嘴唇失去了妖艳，倒像是天真无邪的婴儿的嘴唇。

　　走进玄关时，千香子一愣，好像注意到在播放自己以前演奏的曲子。然而，她没有反应，脸上既没有露出喜色也没有显出厌恶，将脱下的鞋摆放整齐后探起了身子。

　　她没有进客厅，而是径自走进放着钢琴的房间。

　　钢琴昨天已经调过音了。

　　千香子轻快地弹了几个音后说道："好了！来，你表演一下自己练过的东西。"

　　达郎用熟练的手指弹了一段音阶，左手弹奏时也不那么别扭了。

　　"弹得很好呀！初学钢琴的人，自己一个人能练成这样，真的已经很不错了！"

　　千香子让达郎练习弹音程。不停地弹奏乏味的"哆咪"、"哆咪"，但达郎毫无怨言，按她的吩咐弹奏着。当他用无名指和中指、中指和小指连续弹奏时，千香子不断地提醒着他"抬高手指"、"不要用力太猛"。

　　达郎用右手和左手分别反复弹奏着八度音程。

　　无论让他弹奏什么音程时，千香子都自己先做示范弹奏给他看。

千香子在边上坐下时拉平裙子下摆的身影，搅乱了达郎的注意力。

生气时脸蛋十分动人的女人和争强好胜的自己看来是无法气味相投的吧。更何况千香子是住田的妻子，还有着年轻的情人。他虽然觉得自己与千香子相去甚远，但她肩膀近得眼看就要碰到自己了，达郎无法不强烈意识到千香子是一个女人。

"左手的动作不太准确啊。不过，重要的是训练右手手指吧。"

"说起来是这样，但既然是弹钢琴，左手的动作也要做到位啊。"

千香子站起来绕到达郎的身后，左手放在琴键上。达郎看到了她的手掌，看到了中指和无名指上的伤痕。

"你在看什么？"千香子愤怒的目光直刺达郎的背脊。

"我只是想仔细看着老师是怎么弹的，不好吗？"

"那就好。"千香子飞快地说道，"你弹的时候手指老是塌下来吧。像我这样弹弹看。"

达郎一边看着千香子的左手，一边自己模仿着她弹了起来。

"对了，就是这样。多弹几遍，要让手指记住。"

足足弹了一个小时钢琴，手腕和手指都感觉到累了。

钢琴课一结束，达郎便站在窗边，尽情地伸了个懒腰。

"也许是经常握球、戴棒球手套的缘故吧，你的手指非常柔软啊。如果从小练琴的话，也许现在已经弹得很不错了。"

达郎想起了父亲坐在钢琴前的身影。

"我真的没有想到过要弹钢琴啊。"达郎嘀咕道。

"你是为了手指康复,所以我要让你尽快学会弹一首曲子。"

"那很好啊。照医生嘱咐那样训练很单调,所以我想能尽快学会弹钢琴啊。"

千香子站到达郎身边。一条淡淡的橙色彩带正在地平线上扩散着,眼看着它像伸开双臂似的舒展开来,静静地把东京抱进怀里。过不了多久,东京便会整个儿笼罩在这橙色的怀抱里。

"那幢大楼是池袋的阳光大厦吧。"

"是的。"

阳光大厦鹤立鸡群一般独立在周围的建筑之上,屋子里放出来的白光使它辉耀在银色之中。

"我还是第一次这样眺望东京呢!"

"东京塔你上去过吧。"

千香子摇了摇头,寂寞的阴影瞬间蒙上了她的面颊。

从三岁起就接受英才教育……民子的话掠过达郎的脑海。

"我的CD,是你买来的吧。"

"不,那是民子买来的。"

"啊,是吗?那我得谢谢民子了。"

民子走进房间里来,请千香子在CD的解说上签字。千香子愉快地同意了。

"您丈夫去广岛了吧。如若方便的话,你能吃了饭再走吗?"民子说完又高兴地讲了做红豆米饭的理由。

"民子,她对棒球不感兴趣,你解释得再详细,她也还是一头雾水的。"

达郎笑了起来,但千香子却没有笑。

"太谢谢你了,不过今天我事先已经有约了。等以后有机会再请我吧。"

看样子她是趁住田不在的机会去与年轻小提琴家幽会寻欢。达郎感到很没趣。

* * *

连休结束以后,海豚队在六连赛中以二胜四负落败,怏怏回到了集训地。其中一场比赛因河田救援失利,最终反胜为败。

达郎并没有对河田的失败幸灾乐祸,但内心深处的确觉得松了口气。

星期五没有比赛,一线参赛队员在横须贺进行集训,其中也有河田。

这天的训练达郎特别卖力,即使已经超过了预定的球数,他还紧紧地缠着佐古田让他再投,但佐古田严厉地拒绝了他。佐古田一为达郎做完冷敷,便赶紧朝笔记本上记录康复训练的情况。达郎在接球手背后挡网后面的观众席上坐下,有意无意地眺望着训练场里的情景。

他看得见住田小跑着朝自己这边赶来。

那天晚上以后,达郎还没有和住田交谈过。

住田在达郎的身边坐下，点了一支烟。也许是推心置腹地谈过心里话的缘故，住田的态度显得比以前更加亲近。

"听说千香子又开始教你钢琴了，这就好了。她的事就拜托你了。"

"是我要跟她学的呀！"

"这我明白。只要能让她重新振作起来，无论你怎么做都行。"

"她每天都在弹琴吧。"

"嗯。不过，左手的无名指好像感觉还不灵敏。"

"会不会是心理作用？"

"我也有这样的担忧，但我是个外行，即使听着她的演奏，微妙的地方还是听不懂。"

"在同样的演奏家里，就没有人能劝劝她了？"

"同样的演奏家？你指的是钢琴家吧。"

"当然。"达郎笑了。

住田也苦笑了一下。看来一听到演奏家，他头脑里浮现出来的就是小提琴新秀。

"她没有钢琴家的朋友，因为她全是听母亲的。没有得到母亲的许可，她都不会上舞台。"

达郎想起了目光阴暗的千香子母亲。

"夫人从来没有上过东京塔，你知道吗？"

住田一脸惊讶地望着达郎，"不知道。这是怎么回事？"

"她好像接受过很严酷的英才教育吧。"

住田轻轻地点点头，嘴角露出了笑意："千香子的今天，全是靠着她的母亲。不过，对女儿如此严厉的母亲，我还从来没有见到过。"

"她父亲怎么样？"

"在千香子九岁时去世了。他战前就是一家车用电器公司的老板，据说是一个非常有情趣的人。她母亲至今还是那家公司的大股东。"

住田沉默了片刻，若无其事地喃喃道："今天是上课的日子吧。"

"嗯……"

"虽然我想她不至于对你乱发脾气，但万一有对不住你的地方就不好意思了，我先向你赔礼。"

"出什么事了吗？"

"没什么大不了的事……是她竞争对手的演奏会的消息登在昨天的晚报上了。那篇报道是极尽赞美之词，所以千香子的心情很坏……"

达郎真切地体会得到千香子的焦虑和烦躁。他问了报纸的名字，是自己订阅着的报纸，但他对文化版不感兴趣，所以没有注意到报纸上的那篇报道。

"对方是位二十六岁的钢琴家，叫友部美智子，大约两年前初露头角。千香子一直对她不服输，但这次车祸……"

"这个星期我琴练得不多，看来得挨夫人训啦。"

"若有什么事，不管什么样的事，都请你别介意，以后对我说好了。"

住田又轻声地说了句"请你多多关照"，便回到运动场上去了。

达郎一到家便翻找起废物箱边上的报纸来。民子问他在干什么，他笑了笑搪塞过去了。

昨天的晚报很快找到了，他拿着报纸走进客厅。

报上确实登着对仙台举行的友部美智子音乐会的评论。

"笔者被友部美智子独特的演奏所吸引。友部的演奏尽管如横扫音符一般的大胆，却不失悠扬、甜美，尤其对纤细弱音的处理堪称完美无缺。以前就听说她演奏莫扎特①的作品有着丰富的表现力，没想到她能够将德彪西②表现得如此富有自己的个性。我向这位摆脱了日本人通病的年轻钢琴家的天赋和才能致敬。"

达郎读罢这篇报道，将这个版面撕碎后扔进了废物箱。

五点过十分的时候，千香子来了。她眼眶发黑，脸色也很差。昨晚也许还没有合过眼。

马上就开始上课。

"右手很好，左手的弹奏还是不行啊。你大概根本就没有练过琴吧？"

"对不起，没有时间啊。"

短促的叹息里感觉得到千香子的焦灼，"你不练琴，我每

---

① 1756—1791：奥地利作曲家，作品有歌剧《费加罗的婚礼》、《唐乔璜》、《魔笛》，以及交响曲、协奏曲、室内乐曲教会音乐《安魂曲》等。
② 1862—1918：法国作曲家，作品有管弦乐《牧神午后前奏曲》、《大海》、歌剧《佩利亚斯与梅丽桑德》和钢琴曲集《儿童乐园》、《版画集》、《意象集》等。

星期到这里来还有什么意义？再弹一次看看。"

达郎用左手无名指和小指交替按着琴键。

"太用力了，再放松些。触键太虚了，不是这样……"

如果没听住田事先打过招呼，达郎也许又会顶撞起千香子来了。

千香子用冰柱般的犀利声音不厌其烦地指出达郎的缺点。达郎不得不反复弹奏同一个音程。他实在厌烦了。

"今天不高兴吧。"达郎直率地望着千香子微笑着。

"当然要冒火了。学生一点儿也不练琴，而且纯粹……"千香子说到这里忽然闭上了嘴。

"纯粹只为了手指康复的学生教起来很麻烦。你要说的是这句话？"

"对不起，今天就到这里。你每天练琴不到两个小时会很难再学下去。"

千香子拿起手提包，快步朝门口走去。达郎站起身来，紧跟在千香子身后。

千香子的手伸到了门把手上。

"是因为友部美智子吗？"

千香子好像被谁推了一下似的猛然转过身来。

纤细的下颚顿时膨胀起来，她紧紧抿着嘴怒视着达郎，甚至让人觉得她牙齿的排列都发生了变化，怒火从全身燃起，抱着手提包的双臂开始发抖，收紧的鼻翼不停地扇动着。尽管怒火灼烧着她的身体，但她的眼睛已经让人感觉不到任何生物的色彩，虽然在灯光的照射下闪着光芒，但那冷漠的光仿佛是从假眼或木偶的眼睛发出来的。

满面的红潮和她的目光理应是毫不相容的，然而却以一种神秘的协调共存在她那苗条的轮廓里。而且，达郎感到这两种表情协奏出来的旋律有着令人惊悚的美丽。

达郎向前跨出一步。就在这一瞬间，一团黑色的东西剧烈地击中了他的右颊。他没有感觉到疼痛，却闻到了千香子黑色手提包的皮革味。

千香子对自己的举动大吃一惊，她猛然屏着呼吸凝视着达郎，嘴唇微微颤动着。她狠命打开房门，捂着嘴跑向玄关。

民子听到声响来到走廊里，"怎么了？"

千香子没有理睬民子，忙不迭地穿上皮鞋，冲出了门外。

民子怒气冲天地走近达郎身边。

"达郎，你难道……"

"你可别错怪我呀！"达郎尴尬地笑了笑。

"你别忘了，她是住田先生的夫人呀……"民子罕见地真正动怒了。

"我可没干你想象的那种事。"

"那，这个伤是什么？"

达郎用手摸了摸挨打的面颊，出血了，好像是被手提包上的金属配件划开的。

"是她积在心里的焦躁爆发出来了。"达郎望着已经空无一人的玄关门厅喃喃道。

* * *

"别忘了喝牛奶啊。现在你还常常扔掉的吧。"误会解除以后，民子叮嘱完达郎，回家去了。

用餐后，达郎走到钢琴前。他不愿意连续两个小时进行枯燥的弹奏，但还是用左手无名指和小指练习了好几遍来提高指力。然后，他按照教材试着用双手一起弹"哆唻咪发"。

一坐在钢琴前，父亲的形象便浮现在他的脑海里。父亲在音乐大学读书时，便想成为传统的钢琴家。但家里并不那么富裕，从学生时代起就打工去弹爵士音乐，或是为法国通俗歌曲伴奏。大概是生活负担过于沉重吧，这些原本只是打工的工作就不知不觉地成了他的本职。听说他和母亲是在有法国通俗歌曲演唱的咖啡馆里认识的。

达郎在东京和父亲一起生活到五岁，是听着钢琴声长大的，自己也接触过几次琴键。

但是，自从父亲不回家以后，母亲每次听到达郎摆弄钢琴，便会脸色陡变，愤然把琴盖盖上。以后过了一段时间，钢琴被搬运工搬走了。达郎至今还清楚地记得，家里廉价的地毯上清晰地留下一个长方形的痕迹。

过了不久，达郎便随母亲搬到了信州。

母亲和其他孩子的母亲不同，对光打棒球不读书的达郎从来没有训斥过。母亲在年轻时也曾是文学少女，对儿子却鼓励他搞体育。看样子与落魄艺术家之间的辛酸恋情成了她挥之不去的阴影。

靠着母亲的宽容，达郎的棒球技术突飞猛进。父母的个头本来就很高大，达郎到小学高年级时，体格已经能和初中三年级学生匹敌了。运动神经也是出类拔萃，他在运动场上的状

キュウアイ 65

态,其他同龄少年们更是望尘莫及。

直到读高中,他作为主力投手,一直占据着第四个出场的顺位。从小学高年级起他就拿定主意,将来要成为职业棒球选手。

他从未三心二意,整天泡在棒球里。虽然如此,他对异性也有过关注。初中三年级时,他曾对名叫西冈辉美的同班女生怀有强烈的爱恋。辉美是一个才女,别说在班级里是第一名,就是在全校的学生中也从未跌出过第五名。达郎是棒球队的首领,在女同学中颇有人气,鞋箱里经常会有情书和礼物放进来,但对暗恋着自己的女孩他全都不屑一顾,眼中只有辉美一个人。

然而,辉美对棒球好像没有丝毫兴趣,连规则都几乎一窍不通。太会学习也是一种灾难,虽说是面容端正的美人,却让男孩子们敬而远之。要说像样的兴趣,就是喜欢新音乐①的歌,会弹几下吉他而已。

达郎知道棒球队明星这块招牌对辉美没有任何价值,于是决心要学习弹吉他。母亲一脸不悦地说:"你不会是要搞什么摇滚乐队吧?"达郎说不是电吉他,只要普通吉他就行,母亲这才同意了他。达郎向擅长吉他的朋友请教琴弦的按法,再看着教材练习。他虽然是自学,但进步却很快。

"真是有其父必有其子啊。"舅舅这句心不在焉的话,使母亲的脸色顿时就转阴了。

---

① 二十世纪七十年代日本出现的一种大众流行歌曲,多为歌手自作自唱。

秋天临近时，达郎决定带着吉他和朋友们在上田城遗迹聚会，邀请辉美也去。辉美一口承诺，爽快得令达郎甚至有些扫兴。达郎打算在她面前弹奏自己练熟的长浏刚的曲子，试探她的心意。

不料，她和教达郎按琴弦的朋友一起出现在聚会上。看着两人亲密的神态，达郎才知道他们是情侣。

此后，达郎不弹长浏刚的曲子了，他学会了披头士乐队[①]的《Let it be》[②]。

达郎对手指的练习已经腻味，他的目光开始在键盘上寻找弹奏《Let it be》的音。

他透过琴声听到电话铃在响。那铃声不知是什么时候开始响的。达郎起身走进客厅，拿起了听筒。

"喂喂。"他喊道，但对方没有回答。他以为是电话断了。

"你在啊。"沉默中传来千香子那毫无顿挫的声音。

"我正在练琴。"

"倘若你不忙的话，我想现在和你见面，行吗？"

"你在什么地方？"

"银座。有一家店我以前就很熟，现在就在那里……"

达郎本想邀请她到家里来，但最后做罢了。民子不在，又

[①] 由列农、麦卡特尼、斯塔尔和哈里森组成英国摇滚乐小组，对20世纪60年代以后的流行歌曲颇有影响。1962年组建，1970年解散，作品有《请爱我》、《昨天》、《我想握住你的手》等。
[②] 反映了披头士乐队心声的代表作，亦为其解散前的最后绝唱。中文译名为《不要管它》。

不是上课时间，这时候把身为人妻的她请到家里来很不妥。

"请把地方告诉我，我去。"

"真的?"拘谨的声音里透露出她一丝感动。

还有些事得问问千香子，达郎带上了笔记本。

晚上九点不到一点儿，达郎离开了家。

千香子说的店在三井都市酒店附近。听千香子说店名叫"藤村"，达郎还以为是一家小餐馆，不料却是一家论杯计价的酒吧。这家酒吧很幽雅，长长的吧台里有两名酒保，都是五十岁出头的男子。店内轻轻地流淌着爵士音乐。

千香子孤零零地坐在L型吧台的一端，好一会儿没有注意到达郎走进来。迷惘的目光显得非常游移。

与达郎的目光一交织，她立刻打起精神，稍稍欠了欠身子。

"这个店名也真是的，我还以为是小餐馆呢。"

"店名是已经故世的店老板的姓，在账台里的是老板娘，酒保们都是从开店时起就在这里的。"

千香子喝着鸡尾酒，是鲜艳的天蓝色的。达郎要了加冰块的苏格兰威士忌。

客人稀少，多是些老年绅士。店堂里弥漫着一种氛围，让人感到如果不是常来的老客人，即便喝醉了都不敢随意喧哗。

千香子看了达郎一眼，"刚才对不起了。"

达郎用微笑接受了千香子的歉意。

"这家酒吧真精致啊。"

"有人告诉我，说我父亲生前很喜欢这家店，后来我就开始来了。"

"你打电话来时,我正好在弹《Let it be》。当然只是用右手弹。这是我以前用吉他弹过的曲子,所以好歹还记得旋律。你偶尔也弹弹流行歌曲吗?"

"以前常弹着玩啊。我丈夫是披头士乐队的铁杆粉丝,所以刚结婚时经常弹。"

玻璃酒杯放在达郎的面前。达郎端起酒杯朝千香子举了举,然后送到自己嘴边。

"友部的事,是听我丈夫说的?"

"在晚报上看到时,我脑海里就想起了你。你因为受伤而不能随意地弹琴。对你来说,那种报道大概会对你打击很大。我所处的状况也非常相似,所以深有同感。"

"感觉真灵啊。"千香子用眼角白了达郎一眼。

"感觉迟钝的人成不了一流,这在棒球和钢琴都是一样的吧。"

"你也有竞争者吗?"

"当然有啊。你对棒球了解多少?"

"几乎一无所知。"

达郎心里嘲笑自己提了个愚蠢的问题。千香子夜以继日废寝忘食地埋头在钢琴里,连东京塔都没有上去过的,不可能了解棒球。

"那个长岛我至今还弄不太明白。为什么很多人要'长岛'、'长岛'地叫喊?我一点儿也闹不明白。"

"他比我大一轮多,是老一辈人的偶像,所以我对他也没有切

キュウアイ 69

实感受。不过，长岛茂雄和王贞治是日本人都认识的呀。"

"日本人的常识。"千香子低下头，轻声地笑了，"要培养敏锐的悟性，就要和沾有手垢的常识断缘。"

"是你母亲说的？"

"好像是我丈夫说的吧。"

"你的母亲我也见过。如果拥有常识，悟性就会很敏锐。"

"我母亲是很了不起的人。"千香子用断然的口吻说道。

达郎露出了笑容，"谁也没有指责她。"

千香子喝空了酒杯，用目光向秃顶的酒保示意了一下。

"咱们刚才在说什么？对了，我是在问，你有没有竞争对手。"

"我的竞争对手是去年进队的新投手，他叫河田。如果我一直这样不能归队，我的位置就会被他夺走。"

"他是那么优秀的选手？"

"很有素质，我想他迟早会成为殿后的主力投手。不过，我说的是'迟早'。"

达郎不清楚她想听自己说什么。

"我已经完全被友部美智子挤掉了。我很窝心……"千香子低声说道。

"窝心怎么办？把晚报撕碎了扔掉？"

"那种孩子气的事，我不干。我就好像一个人被扔在黑暗的洞穴里，忐忑得睡不着觉啊。所以我就弹钢琴，可是我弹不出令自己感到满意的音色来。"

像蜘蛛脚那样纤细的手指紧紧地握着玻璃酒杯。

达郎将身体靠向千香子，轻轻地握住她的手。千香子眈视着达郎，脸上露出一种仿佛受到追求后的困窘。

"如果玻璃杯被你捏碎，你那赖以生存的工具就会留下伤痕啊！"达郎表情认真地说道。

千香子的脸上淡淡地染上了一层羞愧的色彩。

投手无论将球投得多么快，如若上了岁数，球速就必定会降下来。那时倘若掌握正确的控球能力和敏感的变化球，就不会落到被解雇的地步。可是，看来钢琴家与岁数无关，手指上的些微变化导致弹不出以前能够弹出的音色时，想用其他方法找到生活下去的道路，也许是不可能的。

"我下决心一定要归队。弹钢琴我不太懂，说不出什么话来安慰你，不过你也一定有复出的路径。你怀有和我一样的苦恼，作为我来说，还是希望你不要放弃，要坚持下去。"

千香子伸直了腰背，长长地吐了口气，"那还是请你教我棒球吧。"

"要做投接球练习？"

"不是投接球练习，是想知道规则。因为你复出时，我想去球场里给你打气。不知道规则，劲头就会上不来吧。"

"上完钢琴课以后我再教你吧。"

"你乐感非常好啊。从你的年龄来说，手指也十分柔软，长进会很快的。"

"能成为钢琴家吗？"达郎这么问。

他是想开个玩笑的，不料千香子一本正经地摇了摇头。

"要成为能开演奏会那样的钢琴家，英才教育是必不可少的。如果不是从上小学前就跟着好的老师学弹琴，无论有什么样的才能，都不可能成为一流的专业钢琴家。"

自己的玩笑得到的却是正儿八经的回答。达郎一时呆得不知所措。可是，千香子的死心眼儿对达郎来说也是新鲜的。从三岁起就只和钢琴为伴的千香子，好像是按照与社会普通标准不同的尺度生活着的。

"音乐家的领域，从某种意义来说是一个变形的世界。"千香子轻声说道。

"但那些只知道变形生活方式的人，却能弹奏出让普通听众动情的音色来，这倒是很奇怪的事啊。"

"尽管在特殊的环境里长大，可我们也不是宇宙人啊。我们也是普通人，所以能借助演奏的曲子进入人们的情感里。荒矢君，你去听过古典音乐的演奏会吗？"

"没有。"

"下次我请你去。"

"我也许会睡着的。"

"可以睡着。因为有的曲子很优美，会催人入眠的。"

看见千香子如此执拗的表情，达郎的头脑子里突然浮现出被收藏在玻璃橱内的偶人。那是不能搂抱、不能将面颊贴在头发上、不能与她接吻的昂贵的偶人。达郎觉得，千香子就像个只能在玻璃橱窗外欣赏她的美丽的女人。

那样的女人竟然会有比她年少的情人。达郎觉得无法相信，但如果想像在同一个玻璃橱子里放入贵公子模样的男性偶人，那种不相称的感觉就消失了。丈夫住田也是身处同一个玻璃橱里的人。在玻璃橱子里，似乎也正在展开着把千香子夹在中间的三角关系。

达郎只是在玻璃橱外望着千香子。然而他的目光却充满着激情。

视线从自命不凡的脸上移到白瓷般的脖颈。脖颈下的前胸被裁剪成Ｖ字型的衣服遮挡着，丰满的胸脯在静静地呼吸，达郎的欲望被煽了起来。

与顽梗的表情相反，千香子身体上艳丽的线条却十分流畅。达郎沉溺于欲望之中，他想把千香子从玻璃橱里拉到外边来。

达郎偷窥着千香子的当儿，她正面对着达郎，一口一口地抿着鸡尾酒。

她大概注意到达郎正凝视着她，却丝毫没有介意他目光里隐含着的放肆的色彩。

"我如果像你那样达观就好了。可我怎么都……"千香子伏下了眼睑。

"我没有什么达观啊。每天每天都在担心自己的位置会不会被河田永久地夺走。我刚才也说过，我不介意迟早要把位置让给河田，但现在没那么容易。如果能归队，我要让他知道我才是殿后的主力投手。"

"对不起，主力球员有好几种吧？"

达郎乐呵呵地简要告诉她殿后主力投手是怎么回事。千香子好像大致听懂了达郎的解释，但关于殿后主力投手的重要性，她还是没有真切的感受。

"棒球选手能干到多大年龄?"

"因人而异。有的到了四十岁还当现役选手。我猜想当殿后主力投手至少还能干五六年。"

"终结棒球生涯是很寂寞的,但有时也是一种解脱啊。"

"你是说,钢琴家没有退役的吗?"

"可以说是没有的吧。因为只要手指能动,无论到多大的年龄都可以登台。"

"没有终结,就没有必要焦虑,不是吗?也许会痛苦,但你的手指迟早会灵巧得如你所愿的。"

"今晚我有一种获救的感觉啊。"千香子毫不掩饰地信口说道。

她讲起话来盛气凌人不懂得谦和,但达郎觉察到在她的话语深处渗透着一种落寞。

"你能和我一起去听演奏会吗?"

"行啊。是谁的演奏会?"达郎愣了一下才回答。他还以为是千香子的情人小提琴家的演奏会。

千香子坐正了姿势,"是友部美智子的演奏会。"

* * *

雨滴在空无一人的训练场里强劲地弹跳着。达郎将汽车停在停车场里,小跑着走进室内训练场。

做完少量热身运动后,达郎加入二线队员的队列,在训练场里默默地奔跑起来。

那天,达郎投了三十个球。他的手感觉到投球的威力在逐步恢复，离投出使接球手接球时一屁股坐下的球，已经只差一步之遥。

下午，一线队的年轻队员也来到这里开始训练，其中也有河田。河田看见达郎，便走上前来，脱下帽向他鞠了一躬。

记者们的照相机一下子全都对准了他们二人。

"你身体状态好像已经恢复了嘛。"

"你说得没错，是太累了。这样下去，也许坚持不到秋季。"

"疲劳积淀着时，就对教练直说啊。"达郎说道。

"荒矢，看样子九月份你能归队啦。"

体育报纸就是这么预测的。

"全等佐古田的一句话啊。"达郎笑着答道。

"祝你早日回来。"

能感觉到这句话是出自他的真心。听到这句话，达郎感到很意外。

由于下午还要在东京的体育馆里做肌肉训练，达郎吃完午饭便离开了训练场。他正要上车时，一辆汽车驶了进来，开车的是住田。

住田一停下汽车，便问达郎道：

"能打搅你一下吗？"

"我没多少时间了……到我车里说吧？"

住田点点头，钻进达郎汽车坐到副驾驶座上。达郎望着挡风玻璃上像瀑布一样流淌的雨水，等着住田的话。

"钢琴课上得很顺利吧。"

"嗯……"

"大概是这个原因吧,千香子最近状态很好。幸好把千香子介绍给你。"

达郎听了心情并不舒畅。他像要缓解脖颈的僵硬似的,不停扭动着脑袋,"我什么也没有干啊!"

"你用不着干什么。我上次说过,只要她受到你的激励,能振作起来就行。"

"能帮上忙,我很高兴。"

"听说今天晚上你要和她一起去听演奏会。"

"夫人说,她希望我在演奏会上体验钢琴的美妙。你也一起去吧?不过我请你不合适。"

"今天晚上我正好有其他事,会忙到很晚。"

"她邀请我去听的是友部美智子的演奏会,说实话,当时我还吓了一跳呢。"

"我很高兴,我觉得这说明她是非常想要重回舞台的。"

"我也是这么想的,所以才决定陪她去。"

"荒矢,结束后能把千香子送回家里吗?虽然离你家很远……"

"明白了。"达郎轻松地答应道。

住田下了达郎的汽车,朝室内训练场走去。

映在后望镜里的住田背影显得很快乐。他喊住达郎,正是为了确认千香子是不是真的和达郎一起去听演奏会吧?他说希望达郎将她一直送回到家里,也许是想让达郎对她一直监视到最后。

友部美智子的演奏会是从晚上七点钟开始，在东京文化会馆的小型演奏厅里举行。

达郎感到有些拘束，他以前从未听过古典音乐演奏会。但他还是打起精神，穿上精纺毛料的灰色西服，到上野去了。

倘若不事先在地图上确认好方位，进入上野公园以后，达郎肯定搞不清哪幢建筑是文化会馆的。他不得不再次承认，自己与艺术没什么缘分。

达郎没有门票，只好在文化会馆的正门前等候千香子。尽管戴着墨镜，但好像进演奏厅里的客人中还是有几个人发现了他是谁。他有些沉不住气，然而一想到住田知道今天晚上他们两人的去向，便变得轻松起来。否则，他还得担心闹出节外生枝的流言蜚语来。

六点四十分刚过，千香子出现了。她撑着洁白的雨伞。在灰暗的天空中浮动着的白色雨伞，简直像是漂浮在海面上的海蜇。

"对不起，我来晚了，车子很挤……"

千香子穿着淡黄色的双排扣女式大衣，围着几何花纹的围巾。

友部美智子的演奏会在二楼的小型演奏厅里举行。走进演奏厅时，一位戴着无框眼镜、五十岁刚出头的男子步态悠然地朝千香子走来。

"久违了。"千香子打着招呼。

"你的伤怎么样了？"

"离上舞台还远远……"

"友部小姐知道今天晚上你会来吗?"

"我想她是不知道的。"

"还是不告诉她好啊。否则她紧张得连普通水平都发挥不出来就糟了。"

那男子说的既不像开玩笑又不像真心话,千香子柔和地微笑听着听完,将目光移向达郎这边。

"我来介绍一下,这位是我的弟子荒矢达郎。"

"啊,果然是……"

千香子又把男子介绍给达郎,原来他竟然是评论家远藤。

"我不知道荒矢先生会弹钢琴。"

千香子说明了原委。

"难怪。"远藤用力地点了点头,"这是非常有趣的交往啊。你们二人东山再起的时候,这则故事将会作为一段佳话留在音乐史上啊。"

在远藤的头脑里,好像故事已经完成了。

"如果东山再起,先生是想把它写进自己的书里?"

"说得正是。"

预告开演的铃声响了。千香子和达郎扔下远藤先生,走进演奏厅里。观众席以舞台为中心呈扇形散开。不久,演奏厅里的灯光黯淡下来,演奏会开始。友部美智子出现在舞台上,座无虚席的观众席里响起了掌声。

那天晚上的演出曲目,是受到报纸上极力追捧的德彪西的曲子和拉威尔①的作品。

友部美智子穿着前胸透明的黑色礼服，脖颈上戴着硕大的珍珠项链，无疑是个身材高挑的美人，但她却给人一种严厉粗犷的感觉。

演奏一开始，千香子便瞑闭上眼睛开始聆听着曲子。

达郎凝目注视着钢琴家演奏时的举手投足，在旁人眼里，他俨然是一位古典音乐爱好者，甚至还是友部美智子的狂热粉丝。然而，达郎什么都没有看，什么都没有听。他在脑海里想的是千香子。

低音部的琴声强劲有力地震撼着地板，轻轻撩拨的轻音如同光的粒子从演奏厅的天花板上洒落下来。达郎心里不停地揣测，在这样的情景里，千香子在想什么？他祈愿千香子在将对方的演奏和自己的演奏作比较之后，能够感到还是自己占上风，并以此为契机，恢复自己的信心。

达郎不时偷窥一眼千香子，她宛若沉睡似的一动不动。清晰的双眼睑包裹着清澄的、却隐藏着刺人般锐利的眼睛，唯独在与大衣同样色系的浅桃色外套里，丰满的胸脯静静地喘息着。

她是个漂亮的女人。达郎又一次想道。

德彪西的曲子《水中倒影》②结束了，演奏厅里掌声骤起。

---

① 1875—1937：法国现代具有代表性的作曲家，主要作品有管弦曲《波莱罗》、芭蕾舞剧《达菲尼与克罗埃》和钢琴组曲《在库泊兰墓前》等。
② 德彪西的钢琴组曲《意象》第一集的第一首曲子，作于1905年。

千香子没有睁开眼睛，也没有鼓掌。达郎心想，她心里在想什么？让观众们看到她没有向竞争对手鼓掌，这不是很不理智吗？但同时，达郎对她的好胜心感觉到一种强烈的共鸣。

让千香子改变神态的，是开始演奏拉威尔的钢琴组曲《夜之幽灵》以后。她依然瞑闭着眼睛，但眉宇间瞬间蹙出皱纹，紧接着慢慢地勒紧了嘴唇。突然，千香子的左手向达郎这边伸来，像盲人似的探摸着他的手臂，一抓住他的手，便缓缓用力紧紧地握住了它。达郎也握紧着她的手，她手掌里在湿漉漉地冒着汗。

千香子的这种举动，无疑是因为听了友部美智子演奏的《夜之幽灵》。达郎根本听不出演奏的好坏，他对此懊悔不已。友部美智子的演奏给千香子带来了冲击，自己缺乏演奏的知识，就无法安慰她。

粉丝们的赞赏是直抒胸臆的，但专家的鼓励只会是具体的，且具有震撼心灵的效果。这个道理，达郎通过棒球深有体会。

让人预感到不祥的低音部的旋律在演奏厅里回荡，突然又向高音部飞去。达郎看过节目单，这首曲子是《夜之幽灵》的第三曲《幻影》。

琴键被急促地连续弹奏着，这期间，达郎一直紧紧地握着千香子的手。

演奏一结束，掌声犹如火山爆发时的地鸣一般涌起。

千香子睁开眼睛，向友部美智子送去最响亮的掌声。达郎发现她的眼睛有些湿润。

听到下一首曲子的时候，达郎差一点儿惊讶地叫出声来。

他决不会忘记。这是他父亲经常弹奏的曲子。他查看节目单，是拉威尔的《水之嬉戏》。

一闭上眼睛，父亲的背影又在他眼前苏醒过来。达郎入神地听着友部美智子演奏的《水之嬉戏》，甚至忘记了千香子。

住在东京的时候，达郎可算是孱弱的，经常感冒或吃坏肚子。他裹在被窝里睡觉时，常听见隔壁房间传来的父亲弹奏的钢琴声，从拉门的缝隙间看得见父亲的背影。

父亲准是在弹奏这首曲子。达郎不可能知道那首曲子的名字，但身体发着低热时听到那首曲子，额头上的冷毛巾便会令他更感到心里舒服。那时的情景，如今回想起来恍若就在眼前。

曲子结束时，达郎由衷地鼓起掌来。他的脸上感觉到了千香子的目光，达郎放下手，目光又落在节目单上。

演奏会结束，两人默默地走出演奏厅。远藤正在出口处站着和人说话，他注意到千香子，便问了一声："怎么样啊？"

千香子猝然做出愉悦的表情，不假思索地答道："很好啊。尤其是《夜之幽灵》那强劲的触键，我觉得只有她才能演奏出来啊。"

"我感觉好像是波戈雷利奇[①]又回来了啊。不过，也许还是缺少点细腻吧。"

[①] 1958—：南斯拉夫钢琴家，曾参加第十届肖邦国际钢琴比赛，未获头奖却名声大噪。

千香子报以暧昧的笑容,没有回答他的话。

倾盆大雨下得越来越猛,激烈地敲打着上野那昏暗的森林。

达郎朝着上野的方向走着,想要拦出租车,千香子轻轻抓住了他的手臂。

"荒矢君,陪陪我,我想走一会儿。"

"冒着这么大的雨?"

千香子睁大着企盼的眼睛点了点头。

他们在公园里朝着京成上野站的方向走去。文化会馆的边上有一个小型棒球场,里面到处都是积水。

达郎将目光从棒球场移开,"远藤这个评论家,不知为什么,我对他的印象可不好。"

"他是个严谨的人,评论很公正啊。"

公园外的大街上,路面像是涂过瓷漆似的发着光,汽车驶过时轮胎发出湿润的声音。

"荒矢君,今天晚上的演奏,你觉得怎么样?"

达郎回答不上来。在没有丝毫评论细胞的达郎眼里,只觉得这场演奏非常精彩。达郎由衷地这么回答,还慌忙补充道:

"……对我来说,不管是什么人演奏,只要中途不停下来,我觉得都很好听。"

"这场演奏很精彩啊。这样的钢琴演奏是难得听到的,你很走运。"

"我不是搞音乐的,即使毫不隐讳自己真实的感受,也不会伤人啊。"

千香子合上原本撑开着的雨伞，钻进达郎的雨伞里。达郎抱紧她的肩膀。千香子的左臂搂着达郎的腰。

沿着从京成上野站边上的阶梯走到大街上。

穿过上野的大马路，行人明显稀少。两人一直走到末广町的地铁车站。

千香子皮肤柔软的触感，透过衣服传递到达郎的手指和手掌里。达郎觉得自己搂过的女人中，千香子的骨骼最纤细而奢华。其实，他不可能记得那些女人的骨骼是粗还是细。荒唐的错觉！达郎在心里暗暗地笑了。

达郎不知道千香子会走到哪里去，但他愿意陪着她。

不久，两人走到了秋叶原电器街。彩色霓虹灯在暗蓝色的天空幽远地、无拘无束地闪烁着，在倾注的雨帘中融化开来。

"秋叶原在美国也是有名的呀！来日本的外国球员都说一定要去一趟秋叶原。这里你也是第一次来吧？"

"小时候来过一次，是来买唱片的。"

风从高楼之间穿来，刮得雨伞剧烈地晃动起来。

"今天晚上和我一起去听演奏会，你把这事告诉住田了吧？"

"不能说吗？"

"不，幸好告诉他了，他叮嘱我要把你送回家啊。"

"又不是孩子。想回家的话就一个人回家。不过这雨是很大。"千香子说着用双手捂住了耳朵。

敲打着路面的雨声，总觉得有些像鼓掌声。

达郎停下脚步，率直地注视着千香子，"去我家喝一杯？"

千香子的眼睛里没有流露出犹豫的眼神。

一回到家里,达郎便备好了酒,她却在化妆间里很长时间不出来。

达郎在桌子上摆放好法国科涅克白兰地和美国波旁威士忌,备好冰和水。

他打开冰箱,寻找能下酒的菜,将火腿和干酪盛在盘子里,回到客厅。

千香子正将右手挡在窗玻璃上眺望着窗外。

"肚子不饿吗?"

千香子回过身来,摇了摇头。

她说可以喝点加冰块的苏格兰威士忌酒,于是达郎就按她的吩咐调制了。

千香子离开窗边,随意看了看CD架,抽出麦当娜①的CD放了起来。

默默地碰完酒杯,千香子一口将酒喝光,抿着嘴说:"真香。"

"可以抽烟吗?"

"抽吧。"达郎从装饰柜里取出烟缸,放在千香子面前。

两人对话不多,不停地喝着酒。每次喝空酒杯,献媚似的笑容便掠过千香子的眼角,看上去很像那种满不在乎的落魄女人。但在达郎眼里,她反而更像乐极忘情的良家女子。

---

① 1958—:二十世纪八十年代歌坛巨星,出演《贝隆夫人》获金球奖音乐和喜剧最佳女主角奖,演唱歌曲获得过格莱美奖。

"住田说今夜要晚回家?"千香子问。

"我请他一起去听演奏会,他拒绝了,说有事。"

"荒矢君,你是知道的吧?"

"知道什么?"

"还会是什么,我丈夫的事。"

"我不知道你指的是什么。"

"那就算了。"千香子垂下了眼睑。

"让你这么一说,我倒想听听。"

"住田和球队国际部的一个女人有来往,你真的不知道?"

"一点儿都不知道。我和一线参赛队完全不在一起,所以连传闻都没有听说过。莫非今天晚上住田和那个女人在一起?"

"多半是吧。"

住田这小子也有两下子啊。一想到这儿,达郎微微笑了起来。

"笑什么?"

"没什么。"达郎喝光了酒杯里的酒。

麦当娜的歌声掩埋了沉默。

"是我不好。我不能弹钢琴以后,总是莫名其妙地乱发火。"

"你和住田是在哪里认识的?"

"四年前在纽约。我在那里和纽约爱乐乐团联合举行演奏会时,他是经纪人事务所雇来照料我的翻译。"

"我以前就感到很奇怪,住田为什么在棒球队里当翻译?他这个人英语很棒,又有学历,可以做更有干头的工作。"

キュウアイ

千香子笑了笑,"据说他其实是想搞前卫戏剧的,但遭到父亲的反对,被临时聘用在美国的日本商业公司里工作。但他对工作没兴趣便辞职了。以后他和美国朋友一起开贸易公司,因经营不善又破产了。跟我结婚时,他已经背了大笔的债务。他希望我把活动的基地放在美国,但我想把日本作为自己的根基。最后他迁就我,回国了。"

"债务由你来还?"

千香子点点头,"他是个公子哥儿,不是什么会做生意的人。"

达郎差点儿没笑出来。上次住田说千香子是"小姐",今天晚上千香子说住田是个"公子哥儿"。奇怪的是,这两个人自己不谙世故,却相互这样称呼对方,都不把对方放在眼里。

"你也知道,他是很会体贴人的,所以我也松懈了……"

"对你这种好胜的人来说,他那样的人很适合啊!"

"我有那么好胜吗?"柔和的目光里刹那间掠过刀刃闪光般的锐利。

"如果没有好胜心,就成不了一流钢琴家吧。"

"荒矢君,你根本没弄明白。从三四岁起就受到严格培养的音乐家,能抗得住正面吹来的强风,但顶不住旁边刮来的风啊。只会做一件事的人不会是强人的。钢琴是我的人生,所以我有执著的信念。不过,那和强悍没有关系啊。"

麦当娜的 CD 结束了。达郎站起身走近 CD 架。

他不想放千香子的 CD,便挑选了矢泽永吉的 CD。当年参加大学棒球队的时候,就常听矢泽永吉的歌。

千香子站起身,有意无意地打量着装饰柜。

"这是什么?"

望着千香子拿在手里的东西,达郎感到尴尬难堪。那是个脸部呈丑女状的陶铃,嘴巴涂成红色,呈纵向裂开着。

"你不知道?"

千香子一副纯真无邪的表情,摇了摇头。

"红色的嘴巴就是那个……女性的性器官呀!"

"是吗?听你这么一说,看上去是很像啊。"千香子笑得肩膀摇动起来。

"川崎大师车站附近有个金山神社,那里是祭祀性神的,出售的护身符和彩马匾额①全都与性有关,很值得一看。每年四月份都要举行名叫金摩罗祭的祭典,象征着巨大阴茎的神舆也要抬出来。这个表示时来运转的陶铃,就是年轻队员今年请我一起去观看那个祭典时买的。"

"我真不知道日本竟然还有如此独特的祭典。下次我要去看看啊。"

"参拜神社,我任何时候都可以带你去,但参加祭典,我不想带你去。"

"有那么恐怖吗?"

"不是那个意思。明年四月如果能带你去去看金摩罗祭,就说明那时我还不能站在投手板上啊。"

---

① 为祈祷神灵佛祖或作为还愿供品的木板画,由古代以马敬神的风俗演变而来。

キュウアイ　87

"是啊。四月是专业棒球赛开赛的月份吧。"

她回到沙发上。达郎走到窗边。

风在舞,雨滴打在窗玻璃上四处飞溅。

"对了,你觉得怎么样?"达郎突然换了一种语气问道。

"什么怎么样?"

"友部美智子的演奏啊。"

"我不想谈那件事。"

窗玻璃上映出千香子往杯子里斟酒的身影。她一口气喝干了酒,站起身来,脚底摇摇晃晃的,但她还是毅然挺起了胸膛。

达郎感觉得到千香子坐不住了,但没有问她去哪里。

不久,传来了钢琴声。

达郎放下酒杯,走出客厅,推开了放有钢琴的房间门。千香子头也不回,全神贯注地弹着琴。

除了钢琴外空无一物的房间颇显单调乏味,钢琴强劲的低音在屋里回荡着。

千香子好像什么精灵附体似的不停弹奏着。

达郎开始时还分辨不出那是什么曲子,渐渐地听出那就是今天晚上友部美智子弹奏的《夜之幽灵》。

因为钢琴质量不同,音色明显地很差,遗憾的是达郎连这点区别都分辨不出来。

她的手指在琴键上自由自在地飞快驰骋着,简直让人不敢相信她的手指有后遗症。风刮着雨滴飞溅到窗玻璃上,仿佛是在呼应千香子的演奏,雨声与琴声在相互发出共鸣。

也许是竞争对手的演奏会令千香子的心情振奋起来，唤醒了她手指上的热情。

达郎感到她是在重新站起来，不禁松了口气。

就在这时，千香子的手指突然停了下来，左手有点儿颤抖着，她用右手按住发抖的左腕。

"怎么了？"达郎走近千香子。

千香子抽动着肩膀，愤怒地开始用拳头砸琴键，房间里顿时响起了刺耳混浊的琴声。

达郎想要按住千香子的手，但千香子将他的手拂去，动作笨拙地趴在琴键上。

"不行！这样下去，我不能上舞台了。"千香子喘着粗气，声音像是从嗓子眼里挤出来的。

达郎将手放在她的肩膀上，"钢琴不一样，所以你才这么想啊。其实你弹得很美。"

千香子像受惊似的挺起身子，用不知哪里迸发出来的力量猛然推开达郎的胸膛。

"你以为受到你的表扬我会很高兴？一个连拜尔也弹不好的人也能对我弹的指手画脚？"

千香子站起身来，不料摇晃了一下，椅子倒了。

这不悦的响声唤起了达郎的愤怒。

"说说你的心里话吧。如果是讨厌友部美智子，你也痛痛快快说出来。"

"你不要说得那么难听，这是我的个人问题呀！"深邃而硕大的眼眶里充满了悲愤的泪水，"那么大胆的演奏，我做不到!"

"既然做不到,那你打算怎么样?"

"什么办法也没有吧。因为做不到就是做不到啊。"

"如果那样,就干脆引退,相夫教子,教孩子学拜尔。"

达郎觉得自己说过了头。然而,感情一旦上火就无法马上冷却。达郎觉得自己如此急躁,是因为千香子的状态如一面双面镜映出了他自己。

千香子紧握着的拳头在颤抖着,一副眼看着烈焰就要燃起的表情。

千香子朝房门走去,达郎堵在她的跟前。她伸出柔弱的手臂想要撞开达郎。达郎一把抓住她的手臂,蛮横地将她紧紧抱住。千香子开始踩他的脚,踢他的股间。

"你放开我!"

千香子那珠泪盈眶的眼睛就在达郎的跟前。达郎用手掌按着她的脖颈,让她的嘴唇靠向自己。他想要把嘴唇合上去。千香子剧烈地抵抗着,但达郎没有胆怯。千香子那厚实柔软的嘴唇触碰到了达郎的嘴唇,达郎从她的脖颈那里把她的面颊扳住,自己的嘴唇紧紧合了上去。千香子的呻吟从嘴角一端泄漏出来,突然,她的肌肉像断了线的偶人似的一下子松弛了,胸膛和肩膀因哽咽而颤抖着,被达郎吻着的嘴唇不久便开始表达她自己的意志。

两人紧紧地抱在一起,饥渴地探求着对方的嘴唇。沿着面颊流到嘴里的泪水味刺激着达郎的舌头。

风雨敲打着窗户,笼罩在雨雾中的夜景陡然跃入眼帘。

达郎托着她的身体，小心地将她按倒在地上。灯光在打磨得锃亮的地板上跳跃着，达郎顿时跌落在一种错觉里，仿佛自己正身处空无一人的塔顶上。

"这里，不行，把灯关……"千香子的声音在空旷的房间里回荡着。

达郎像是没听见她的话，把手伸向她外衣上的栗子形纽扣。

达郎心中凝聚着残忍欲望，想要粉碎千香子的自尊。他粗暴地解开她的纽扣，迅速把手绕向她的后背。一松开文胸的搭扣，乳房便被解放了出来。

与刀刃般锐利的表情相反，丰满的乳房呈弧形向身体的肋腹处柔美地弯曲过去。

这种和顽梗的表情之间的巨大落差，刺激了达郎的欲望。

达郎撩起她的头发，将嘴唇舔向她耳朵的后侧。她那倔强的下颚稍稍扬起，声音从厚厚的嘴唇里漏泄出来。达郎用粗壮的手指拨弄她的乳头，柔软的乳房便从他的大手里满溢而出。

达郎开始脱衣服。好像是用力过猛，衬衫最下面的纽扣崩掉了。膝盖和肘部的关节感觉得到地板上的阴冷。

他一将手伸到裙子里，千香子的大腿立刻僵硬起来。她扭动着身体想要避开达郎伸进来的手，刚挺起了腰部，反而让达郎轻易地脱下了她的内裤。

随着达郎反复执著的爱抚，千香子的身体渐渐松弛下来，她猛然踢掉了缠在脚脖子上的内裤。

达郎那魁梧的体躯将千香子包裹住了。千香子进行着抵抗，但这不是针对达郎的。达郎觉得她是在和自己心里萌生的陶醉进行搏斗。越是搏斗，快乐之海就将她淹没得越深。

日光灯白炽的灯光如同夏季的阳光，毫不宽恕地照出千香子那颇似苦闷的表情。洁白的墙壁上，跃动着达郎势不可挡的身影。

即使膝盖开始隐隐作痛，达郎也丝毫没有放过千香子的高潮。雨声和着千香子嘴里泄出的呻吟声，达郎脖颈上滴落的汗珠在千香子柔滑的皮肤上狂舞。在这期间，两人完事了。

达郎仰天躺在木地板上。满是汗水的背脊上感觉有些冷飕飕。他粗犷的喘息声在屋子里回荡。

千香子稍稍弯着身子弓着腿，背对着达郎。达郎侧着身子从背后温柔地紧搂着千香子，他感受得到千香子身体中的炽热。

几乎没有反应。千香子慢慢地探起身，拢了两下耳边的鬓发，静静地站立起来。

达郎还是躺着，眺望着千香子的肢体。她的赘肉使下腹部稍显松弛，但在达郎眼里，这赘肉长得恰到好处。

千香子在钢琴前坐下。

裸身与钢琴融为一体，好像是这宽敞的空间里具有特征性的雕塑。达郎觉得像是在欣赏一幅恬静的风景画。

清澈透明的旋律从她手下流淌而出。

是父亲背朝着达郎弹奏的《水之嬉戏》。

千香子的手指刚才还在接受达郎的爱抚，此刻爬行在琴键上。弹跳的水，激流奔腾的水，滴落在积水里的水，各种各样的水在千香子的手指下不断流出。

达郎听得入了迷。洗练的分解和声每次在房间里响起，千香子的乳房就会摇动起来，好像在和弹跳的水玩耍似的。

达郎站到千香子身后。千香子弹奏的手停了下来。

"再弹下去呀。我想听你弹的《水之嬉戏》。"

但千香子的手离开了琴键。

达郎担心千香子的心灵大概又受到了不安风暴的袭击。

千香子靠在达郎身上，面颊轻轻蹭着他的右臂。她的表情很温柔。

"我还是第一次被身体这么大的人搂抱呢。"

达郎感到茫然。他无法判断她指的是精神上的还是整个身躯。

只是，千香子那微笑着的脸上洋溢着无邪的娇媚，这令她显得风情万种。达郎又从背后紧紧地抱住了她。

* * *

千香子和住田住在离井头公园咫尺之遥的吉祥寺南町的公寓里。

达郎按照与住田的约定把千香子送回家。也许住田已经回到家里，正从窗口窥视着他们的动静。达郎看看亮着灯的窗户，悄悄握住了千香子的手。

"这个星期五之前，你要复习最近学过的东西。"

千香子语气郑重地说完，若无其事地松开他的手下了车。她小跑着走向公寓的门口，连头也没有回。

达郎回家以后毫无睡意。他一边喝着酒,一边懵懵懂懂地想着千香子。

对年轻的小提琴家不能掉以轻心。假如他是在从演奏家的角度医治千香子不能重登舞台的心灵伤痛,达郎觉得自己就无法取代小提琴家。

千香子怀有与自己相似的苦恼,所以他能真切地感受到她的心情,但关键时刻自己却提不出任何具体建议,这令达郎感到十分纠结。

千香子的苦恼和无处发泄的愤怒也许感染了达郎,达郎对自己的将来也不安起来。

达郎叮嘱自己只能做好现在能做的事,继续单调乏味的生活,但不安和焦虑已经在心灵深处牢牢地扎下了根,遇到机会就会发作起来。

烦躁不安的时候,甚至都没有心情去看看自己顺利时的录像。但是这天夜里却不同,他想看看自己当时踌躇满志地站在投手板上的身影。他心里明白,自己是想揣摩千香子去听友部美智子演奏会时的心境。

看见录像中自己感到满意的投球姿势,他便觉得坐立不安。那意气风发的身姿仿佛是另一个人。他嫉妒画面中自己的身影,觉得现在也许自己站在投手板上也投不出那样的球了。他在录像里又看到了自己拧向内侧的手和手臂,于是下意识地将手护着右臂,顿感产生了一种错觉,仿佛关节又疼痛起来了。达郎反复看着自己的投球姿势,拿起棒球手套,走进放着钢琴的房间里。

他站在房间中央,头脑里想着自己在录像里的身影,对着镜子进入了投球状态。他将手高高举过头顶,挥动手臂,只是稍微模仿了一下投球姿势,便觉得身体的平衡极差。

达郎又做了几次,结果亦然。身上渐渐渗出了汗水,镜子中自己那张脸歪斜着,用力瞪着的眼睛像空洞似的,映射不出任何光芒。做动作的运动量并不大,但他却抽动着肩膀喘息起来,全身突然感到一阵徒劳无功的沮丧。他将投球手套狠命地扔向墙壁,像是要把焦躁赶走,然后张开手脚就地躺了下来。

过了一会儿,他像老人似的缓缓爬起身子,走近钢琴,用一只手弹《Let it be》。手指弹奏着琴键,像是濒死的螳螂在爬行,但即使很不熟练,却也能弹出旋律来。他反复练习同样的乐句,弹着弹着,千香子的影子占满了他的整个大脑。

如果再和住田面对面,心情大概会变差。只是他并没觉得事情已经变得不可收拾。

即使和千香子有了这种关系,两人之间的距离也没有缩短。

千香子的东山再起看来需要"魁梧的男人"。

达郎合上琴盖,转过身来,一眼看见有样白色的东西在地上闪光。

那是刚才崩落的纽扣。

第二部分

"是住田说的吧。"千香子像个轻佻女人似的,朝着天花板吐了口烟。

教完钢琴课,千香子接受达郎的邀请,一起品尝民子做的饭。民子回家后,两人便上了床。

激烈交媾之后,达郎提起了年轻的小提琴家。

"跟他明天要见面的呀。"

"是吗?"达郎用不以为然的语气应了一句,但没有话再接下去了。

千香子揉灭了烟,"和他实际上已经分手了。明天我想对他最后说清楚。"

达郎心里的感觉仿佛冻僵的手得到了缓解似的。

"住田为什么要对你说?"

"他就说想找个人说说。那种时候,关系疏远的人反而容易说出口。"

"住田怎么说的?"

"说什么?"

"我和那个男人的关系呀!"

"住田说,能够给你信心的,也许还是得像他那样也是演奏家的人,所以你才对那个小提琴家动了心。他大概说的就是这个意思。"

千香子有些狡黠地笑了。

"真实情况是怎么样的?"

"我不说住田说的话是不是事实。不过,我不是光为了这一点才和那男人交往的。"

"那当然啊。"达郎对这样的回答很不满意。

"受到有才能的年轻演奏家追求,没有女人会讨厌的呀。"

达郎站起身来,往酒杯里斟酒。

"如果那样,不就没有必要分手了吗?"

"你生气了?"千香子的手摸了摸达郎的腰。

"没什么。"达郎满不在乎地说道,一口喝光了杯里的酒。

"他很聪明,说的话也很有道理。不过,他还是个孩子,是接受过正统教育的天才少年,那种天才少年的冲劲和率真对我来说太沉重了。他最近的长进很明显,我也有过那样的时期,所以我知道。他的不断提高,靠的是无所畏惧的自信。"

"看到他的长进你很心酸,他的光芒太刺眼,所以你不愿意看到他。是这么回事吗?"

说到这里,达郎脑海里浮现出河田的身影。

千香子那犀利的目光直刺他的面颊。

"也许你也常常会感到刺眼吧。"

"别开玩笑了,在连规则都不懂的体育里,不管谁胜谁败,你的内心里都不会经常感到震动吧的。"

千香子沉思了片刻,突然笑得前仰后合,"是啊。你说得没错啊。"

"和那家伙,你真的能分手吗?"达郎盯着千香子,叹息似的低声问道。

千香子依然望着天花板,"对他,我已经没有特别的感情了。"

达郎的表情没有变化,但他自己也能感觉得到,心中那种酸痛的情感得到了缓和。

"哎,达郎,你教教我棒球规则。"

达郎拿来笔和纸,对她讲了些简单的规则。千香子好歹像是理解了牺牲打腾空球和双杀的意思。口头解说很费事,达郎走近卧室里的电视机,他已经准备了电视游戏。

这是一套真正的棒球游戏,是依据去年正式比赛的数据制作的。达郎反复打着游戏给她看,并随时补充一些解释。

"哎,让我也打打看行吗?"

达郎将游戏调到击球练习画面,教她如何使用操纵杆。

千香子操纵击球手挥动着球棒,但出手太慢,怎么也打不中。她靠在床背上操纵遥控器,渐渐地露出了好胜的神态。赤裸着身子坐在床头上,忘情地按着按钮,即使击中,她也没有高兴得叫喊起来。但是,达郎看到了洋溢在她脸上的灿烂笑容。

"好像里面都是职业棒球选手的真名,也有你的名字?"

"有啊。"

达郎操作遥控器,将游戏中的荒矢投手点到了画面上。

千香子让荒矢投手做投球练习。犀利的投球姿态注定了投出的全是好球。

"其他选手会出现数据,你的为什么出不来。"

达郎去年没有正儿八经地投过球,他的防御成功率不可能显示出来。

面对千香子的天真的提问,达郎无奈地笑了。

* * *

六月下旬,教练终于决定,允许达郎投那种使接球手接球时一屁股坐下的大力球。这天,达郎从早晨起就沉不住气了。但过了三天,达郎依然没有投出称意的球来。

虽然头脑里满是这件事,但他对千香子一点儿也没表现出不耐烦。达郎专心地学着钢琴,想靠弹琴调节自己的情绪。

千香子教完钢琴后也不马上回家,而是先和达郎一起用餐,再玩玩棒球游戏,或看看棒球的夜场比赛,而后两人照例要颠鸾倒凤一番。

达郎没说过"我爱你",千香子也没问过他"你爱不爱我"。

对达郎来说,"我爱你"这个词感觉就像外语一样。对"喜欢你"、"迷上你"之类的话,他是有实感的,但"我爱你"

这样的话，他无法率真地说出口来。

前妻晶代原来经常逼着他说这句话。他尽管按她的要求说了出来，却感觉不到这句话给自己带来的激情。

在法国长期生活过的千香子没有逼着他说这句话，这是很奇怪的。是她觉得达郎这个人与"我爱你"这句话很不般配，而刻意迎合达郎？还是两人的关系不是为了追求这句话？

"达郎，你那副样子很古怪啊。"千香子说这句话是在炽烈地做爱之后。

"你看出来了？"

"总有些感觉。"

达郎向千香子吐诉了自己的苦恼和心里的不安。

"你也在为那种事苦恼啊。"发现有人同病相怜，千香子好像很欣慰。

"你的表情倒像是很高兴嘛。"

"只有心里高兴，脸上才会高兴啊。"千香子一下子把达郎顶了回去。

"你真坏！"

"可是，如果没有那种事，不就感觉不到你在身边了吗？"

千香子伸手去摸着达郎的右肘。那里留有七厘米长的伤痕，肘部一弯，手臂便会变成漂亮的"L"形。

千香子抚摸着他的伤痕，达郎抓住她的手，这次轮到他轻轻抚摸千香子中指和无名指的伤痕了。

"前天我买了一张你的CD，里面有《水之嬉戏》。要不要放一放？"

千香子的脸阴了下来，但这只是转瞬即逝的事。

"听着你弹奏的这首曲子，心情就会变得宁静。这两天，我每天晚上都听。"

"即使不是我弹的，不是也好听吗？你只是喜欢这首曲子吧。"

"我是喜欢这首曲子，但一想到是你在弹，就更爱听了。"

"是你自己在这么想的啊。"

"那当然啦。我不是什么评论家，反正你演奏的曲子，对我来说是最好的。"

达郎从床上爬起来，把新买的千香子的CD放进机器里。

"就放《水之嬉戏》，其他的曲子，我不想听。"

达郎选出《水之嬉戏》，按了重放键。

积雪消融般的旋律在卧室里回荡，音符仿佛在映射着阳光的水洼里跳跃似的，它不久便变成象征着爱的天真烂漫的水，涌向汹涌奔腾的河流。从不停顿、永无终止的水流好像连接着无限遥远的彼岸。

那是千香子充满自信时期的演奏，达郎以为她会忍不住伤感而要求停止播放，不料她什么也没有说，只是瞑闭着眼睛，一动也不动。

雨过天晴后水洼里跃动着的水，爱抚过浅滩上的岩石后流淌而去的水，深深沉入瀑布下的深渊，沉默之后突然像喷涌而出、与阳光嬉戏绘出彩虹的水……

"沉睡的水，跃动的水，深邃的水，透明的水，暗淡的水，硬水，柔水……各种各样的水毫无规则地嬉戏着。"千香子喃喃自语着。

达郎从旁边瞥了一眼千香子,千香子依然瞑闭着眼睛。

"这首曲子留在我的心里是有原因的。"

"带有往事的回忆?"

达郎说起了父亲。

"我想父亲并不愿干什么伴奏,他大概也像你那样想当一流的钢琴家。他很不正经,净找女人,惹母亲流泪,也许他心里隐藏着孩子无法理解的悲哀吧。"

千香子睁开了眼睛。看得出她眼角里噙着泪水。

"那他现在呢?"

"在我读大学二年级时,听说因为肝硬化很快就死了。"

"你父亲也弹这首曲子,真是有缘啊。"

"我还以为你会骂我,让我不要去听你以前的演奏呢。"

"其实我不想听,只是为了让你放松情绪,才忍耐一下的。"

"我常常看自己受伤前的录像。所以你的心情我很理解。"

"你很坚强啊,可是我……"

"其实我一点儿都不坚强,只是外表在虚张声势。记得我对你说过河田那个年轻投手吧,我的位置被哪家伙夺走了,可我一点儿没有夺回来的信心。你明白吗?该拼命的不仅仅是你,我也是一样的。"

"下次我再弹给你听。最近我没有好好弹过琴,所以得练习一下以后再弹。"

"先弹奏这首曲子来恢复自信吧,就算是为了我。"

曲子演奏到节奏缓慢的部分了，千香子若无其事地哼起了节奏。

* * *

第二个星期的星期五，一线参赛队没有比赛。领队副岛和二线队投手教练一起朝练习区走来，和佐古田站在一起等着达郎投球。从这天起，允许达郎投球的球数增加到十五个。

"好，可以开始了吧?"角田教练坐了下来。

达郎感到接球手的手套比昨天离自己更远。

投了第一个球，瞄准的是内角低位，球却飘向了外角；第二个球线路还可以；第三个却投成了落地反弹球。身体动作好像不大听指挥，烂熟于心的投球姿势也与以前有了些微的差别。

尽管如此，比昨天或多或少强一些，最后五个投出了有力的高速球，但这并没有化解达郎的郁闷情绪。

副岛双臂抱在胸前，和投手教练们交谈着。

一眨眼工夫，十五个球全投完了。佐古田朝达郎喊道："很好啊。按照这个状态投下去没问题。"

领队走近达郎，"在投手板上投球时，心情很舒畅吧。"

"嗯。"

"不要着急。我也是投手，你的心情我很理解。耐心些。"副岛拍拍达郎的肩膀离去了。

达郎自己也很清楚，现在还不是下定论的阶段。但是副岛说的"耐心些"，在他听来似乎包含着"不需要你"的意思。

达郎若能发挥出受伤前的投球水平，对球队来说就是不可或缺的战斗力。不管副岛觉得达郎多么难以相处，但作为领队来说，他当然希望达郎尽早回到殿后主力的位置上。

达郎发现自己的思维越来越偏执，他打了个寒战。

那天上钢琴课，他以为情绪已经转变过来，但注意力怎么也集中不到钢琴上。

即便有了男女之间的关系，一上钢琴课，千香子依然和以前一样极其严格。达郎手指一塌下来她就打手，拇指弹得一慢她就马上在边上催促。

好歹能用两只手弹奏了，但总弹得断断续续的。

看着想快也快不起来的手指在琴键上爬行，达郎就会想起自己力不从心的投球身姿。一年零几个月的空白好像远比预想中的时间长得多。

"注意！"千香子愤怒的嗓音从身后飞来。

达郎停止弹奏，回头望着千香子，"今天节奏感不好。"

千香子根本不理睬达郎的憨笑，用严厉的目光望着达郎，只说了句"再从头弹一遍"。

"今天就到这里为止吧。"达郎说着把手伸到了千香子腰后。

"课上到什么时候由我来决定。来，按我说的弹。"

然而达郎没有把手指放到琴键上去。

"这琴即使这样练下去也无济于事。正儿八经的球都投不出来，钢琴却……"达郎凝视着千香子。

"行了，快弹！"千香子也毫不让步地瞪了他一眼，"为了我而弹。"

达郎只好认输，再次逼着自己回到单调的音阶上。

那天的一个小时他感到十分漫长。

钢琴课结束后回到客厅里，民子端来了红茶。厨房里飘荡着咖喱的香味。

"好香啊。"千香子朝民子笑着。

"咖喱饭是达郎最喜欢吃的啦。看到他心情不好时，我就做咖喱饭。方便的话，您也尝尝。"

"谢谢。"

六点半过后，民子回家去了。

就像事先串通好一样，两人一起跑进了厨房。

"民子是个好人啊。"千香子一边说着，一边准备着餐具。

"对她用不着拘束。"

"她说你吃咖喱饭心情就会变好，这是从小时候开始的吧？"

"民子这个人就爱瞎编。这种话你最好别相信。如果真像她说的那样，我从受伤那天起就每天光吃咖喱饭了。"

饭菜在餐厅里的餐桌上放好了。

"喝点红葡萄酒吧？"

"好。"

千香子喜欢喝口味重的波尔多葡萄酒[①]，达郎觉得还是勃

[①] 法国西南部生产的葡萄酒。

艮第葡萄酒①可口，但他按照她的口味，打开了波尔多葡萄酒。

"民子好像已经察觉到我们的事了吧？"

"大概是的，不过她什么也没有说。她是很会做人的呀！"

达郎说完了这句话，好一会儿没开口，只是默默地吃着咖喱饭，喝着葡萄酒。

忽然，他感觉到了千香子的目光，于是抬起眼睛也望着她。

"心情不好，胃口可不小啊。"

"我在哪本书上看到过，说欲求得不到满足的时候，食欲就会很旺盛。奇怪吗？"

"不奇怪。"千香子用匙子舀起咖喱饭送到嘴里。

"可以问问你吗？"

"问什么？"

"你为什么一上课就那么严厉？"

"为什么？因为我就是被严厉地从小教大的，所以我不知道其他的教法啊。"

"你的老师，是你母亲吧？"

"是啊。"千香子的眼光刹那间变得尖锐了，"那怎么了？"

"你母亲教起你来很严格吧？"

"你想说我的教法是母亲传给我的吧。"

"有那样的感觉啊。"

千香子笑了，"母亲没有我这么和气啊。"

---

① 法国中部盛产的葡萄酒。

"她比你还要严厉？真不敢想象啊。"

千香子给达郎的酒杯斟上葡萄酒，"你母亲是个什么样的人？"

"什么样的人？我也答不上来啊。是那种司空见惯的普通女人啊。"

"爽朗的人？"

"是个大大咧咧的人吧。一点儿也没有动人的地方，是个乡下女人。"

达郎说了母亲在上田经营一家小酒店的事，还把那年夏天她因为违反毒品取缔法而被逮捕的事告诉了她。

千香子聆听着，丝毫没有流露出惊讶的神情。

"你母亲现在还独身？"

"是啊。换了几个男人，现在是真的在独居了。"

"什么时候，我想去上田看看啊。"

倘若说他在和钢琴家交往，母亲会是一副什么样的表情呢？达郎猜想，恐怕即使脸上不表现出来，心情也不会好受吧。

吃完晚餐，两人把餐具送到厨房里。有时是她收拾好以后回家，有时是她回家以后达郎自己洗餐具。

那天夜里，千香子随手拿起了洗涤剂。达郎将要洗的东西交给千香子，自己又开了一瓶葡萄酒。

他端着斟得满满的葡萄酒杯，走进厨房里。千香子的茶色超短裙隐在长围裙的里面。

达郎站在千香子的身后，用手抚摸着她的臀部。

"怎么啦!"

双手都沾着洗涤剂的千香子扭动着腰躲避着达郎的手。这反而煽起了达郎的情欲。他冷不防将手绕到她的腰上,像抱大行李似的将千香子抱了起来。

"等一下,我手湿……"

达郎连水龙头也没有关,就抱着千香子走出厨房进了寝室。他把千香子放到床上,掀起她外衣的下摆,将手指轻轻伸进她温暖的皮肤里。中性洗涤剂的气味使他的鼻孔痒痒的。开始时千香子还挣扎着,但这好像只是一种仪式,一俟那挑战性的眼神染上妩媚的色彩,她便开始自己脱起身上的衣服来了。

达郎没有想到千香子会自己脱下衣服。看着她慢慢地裸露出身体,便感觉到一种迫不及待的冲动,那天晚上他一心只想到情欲之河中去遨游。在千香子胸罩钩扣解开的瞬间,他一把将千香子的身体拉到了自己身旁。

千香子无法抗拒达郎不停的爱抚,后仰着身子发出愉悦的呻吟。达郎进入她的体内,波浪无数次袭来,渐渐地越来越大,巨浪一个连着一个、将干涸的沙山冲得形迹全无之后方才退走。

千香子仰面躺着,吐着炽热的气息。达郎用嘴唇吻着她的脖颈。短短的鬓发刺得他鼻子发痒,滚烫的皮肤像是在发烧。

"今天晚上,什么都不管它了。"千香子喃喃自语道。她的眼睛依然没有笑,但感觉得到冷漠中似乎含着一丝温柔。

"我也许回不了球场了。"达郎沉默了片刻后,吐出一句话来。

"你希望我说没关系?"千香子缓缓地眨了眨眼,纤长的睫毛此刻像是墨色的阴影。

达郎瞥了一眼千香子的侧脸。

"对不起,我还不习惯安慰别人,也不会说让人觉得中听的甜言蜜语。不过,就算我们俩都没法东山再起,那又有什么关系呢?"

"别说丧气话。两个人完蛋以后去干些什么?而且我觉得你不会放得下钢琴。"

"两人一起去没人的地方平静地生活呀。我把农村的孩子集中起来,给他们当钢琴老师啊。你当业余棒球的领队。怎么样?"

"我想都没有想过呢。"

"说实话,我也没有想过,"千香子吸了口气说道,"只是突然想起,开个玩笑嘛。你是有信念的,所以我想你一定能够如愿以偿。"

千香子的眼睫毛又动了一下,但不是眨眼睛,而是把眼睛闭上了。

从尖尖的鼻子到厚厚的嘴唇,线条清晰秀美,眉宇间轻轻地蹙出皱纹,眼泪从眼角在渗出来。

"千香子。"达郎把她紧紧地拥在怀里。

千香子把脸埋在达郎宽厚的胸膛里,贪婪地望着他,就像一只小动物从巢穴里在窥探着外面的世界。

"我喜欢听你说丧气话,你再多说点儿啊。你说了丧气话,我就更可以口无遮拦了。一听到你的丧气话,我就会振作起来。我这个女人挺讨厌的吧。"

达郎笑了笑,"真是个讨厌的女人啊。你简直像在跟我玩跷跷板,我的心情一沉重,你的情绪就会轻松。"

"我不是那个意思,不过……"千香子又把脸埋进了达郎胸膛里。

"你一直在练《水之嬉戏》?"

"我乐谱都带来了。"

达郎的目不转睛地望着她,"那你现在马上就弹。"

千香子轻轻点了点头,下了床。她想要穿内衣,达郎抓住她的手腕,摇了摇头。

两个人赤身裸体走出卧室,听到厨房传出的水声,才想起忘了关水龙头。

达郎走进厨房里时,千香子去客厅里取乐谱。

乐谱已经被翻烂了,上面用红铅笔和圆珠笔写得密密麻麻。达郎看了看乐谱,心想这根本不是初学者能弹的曲子。

千香子把手指放在琴键上,回头望了一眼达郎,那目光让人感觉她全然是一名站在前线的士兵。

达郎站在窗旁的墙壁前,以便更好地看清千香子弹琴时的身姿。

钢琴声在房间里荡漾起来,达郎闭上了眼睛。

水在跳动着,和其他的水融合,又分流而去,达郎仿佛看见水滴在阳光的照射下闪着光。

他睁开眼睛,注视着一心一意弹琴的千香子。灯光照射下的琴键闪着微弱的光,纤细颀长的手指在琴键上流畅地跳动着。手指不停地跳跃，从黑键到白键，从白键到黑键，就像是嬉闹的流水在玩弄着木筏。她的头发也在轻轻飘逸，胸前摇晃着丰满的乳房。

千香子的嘴唇微微颤动，像是在喃喃自语，然而，听不见说话声。

她已经和曲子融为一体，柔韧的四肢像是在与水嬉戏。

演奏结束。千香子的脸有些泛红，细细地渗着汗水。

达郎朝着她鼓起掌来，"太好了！"

"你这么一说，我高兴得眼泪都快流出来了。"千香子低声说道，"不过，这不是我原来弹出的声音。自从受伤以后，好像有什么东西失控，已经不能弹得像以前那样了。"

"会弹好的，绝对行！"达郎的声音里饱含着力量。

千香子一句话也没说，默默地转向钢琴，再次弹起了《水之嬉戏》。她的肩膀在微微地抽搐，啜泣声伴着钢琴声冲涌上来。达郎站在千香子身后，紧紧地抱着她。

千香子将弹着钢琴的手停下，靠在达郎的身上。

"我永远为你弹奏这首曲子。当个钢琴家即使一直只弹奏这首曲子也没关系。我是真心这么想的。"

千香子的眉毛变了形。渐渐地，整张脸庞都变了形。

* * *

一进入七月，棒球锦标赛越来越趋于白热化。森林队从落后三个积分奋力追赶海豚队，经过六连胜的快速追击，终于超越海豚队半个积分而跃居首位。海豚队先上场的投手原本就底气不足，也许是赛到夏季就精疲力竭了吧，这些投手一连几场都坚持不到第三局打完。领队副岛把原已排进上场顺序的老投手降到二线队，却将新投手提升到了一线参赛队。

远离如此紧迫事态的达郎，依然按照一成不变的计划雷打不动地进行着训练。

达郎喜欢夏天。在强烈的阳光下酷练身体，心情会变得爽朗。晒成褐色的脸庞暴露在阳光下，他甚至觉得聚集在体内的不悦情绪会随着汗水一起消失。

直到七月十二日，投出的球路才开始稳定，投球数也增加到了二十个。

这天的早报上登着判决佳乃的消息。一起被捕的明星们受到的全是带缓刑的判决，唯独佳乃一人，虽然判得比起诉时的求刑轻，却还是实际服刑一年零六个月。

达郎脑海里浮现出佳乃孤寂的笑容。他发现自己是在把佳乃和千香子作比较。和佳乃做爱仿佛是在相互消磨寂寞，然而与千香子却不同。一旦与千香子寻起云雨之欢来，千香子便和平日判若两人，她会毫不隐晦地表达自己的欲望，这是不可思议的。

达郎投出了还算可以的几个球，十分愉快地回到了自己的公寓。

"刚才千香子来过电话了。说今天在她的娘家上课。"

听了民子的话，达郎脸上顿时阴郁起来，"出什么事了？"

"多半是下午学生的课要延长，这里不能来了呀。"

"是吗？那么今天晚上的饭我就在外面吃了。"

水之嬉戏

"我也猜想你会在外面吃,所以没有准备。"民子笑了,但她的脸上总好像有挥之不去的阴影。

达郎走进卧室边上的衣帽间,开始换衣服。

想到要看见千香子母亲那张阴阳怪气的脸,他心里变得压抑,但离开自己的公寓出去上课,也可以调节一下情绪。他迫不及待地想要见到千香子。

达郎换上苔绿色T恤,穿上比它更薄的绿色长裤,套上了米白色夹克衫。

把钱包和装小物件的小盒子插进口袋时,响起了敲门声,是民子双手抱着一大堆洗好的衣物。

达郎帮着把衣物放进衣帽间,民子开始细心地把内衣裤放进抽屉。

"我这就走啦。"

"达郎,你等等。"民子的手停下了,"这种事,我来说是有些多管闲事……可我越来越担心啊。"

"担心什么?"

"你肯定知道的,我是说千香子的事啊。"民子一边说一边麻利地折叠着达郎的衬裤。

达郎缄然。他不愿意对民子虚与委蛇。

"民子,你不是也很喜欢她吗?"

"她是个了不起的人,可是虽然了不起,却不一定能给你带来幸福啊。我有一种预感,你跟她不会有好结果的。"

"不要触我的霉头。"达郎尽量用轻快的语气说道,又笑了笑。

民子回过头来:"她对你是真心的呀。我也是女人,心里很清楚。"

"我也是真心的呀!"

"我知道。那么……达郎,你是想和她在一起吧。"

"看来不行啊。就算她和住田离婚了,我还不知道怎么对她说好呢,我想象不出她为我整理内裤会是什么模样。"

"是啊,"民子趁势说道,"既然这样,我觉得你还是趁早把心里的火灭了才好。火会熄灭的。你也已经是过了三十岁的大人了,对你这种满脑子只有棒球的人来说,还是实实在在、性情温和、笑起来甜蜜的女人合适啊。"

"你说的是像你这样的女人吧。"达郎笑着说道。

"是啊。如果年轻三十岁,我想自己会很高兴嫁到你这里来的。丈夫处于逆境时,我会做一个明里暗里都能帮他的妻子啊。可是,千香子只会教你弹钢琴,她是不会照顾你的,而且你也不会照顾她,所以……"

"我很理解你的心情,但我希望你今后还是要用以前那样的态度对待她,行不行?"

"当然啊!如果我是千香子的朋友,我也会对她说这些话的。两人都有一份很特殊的工作,而且两人都在努力东山再起。这样的组合太糟糕了。"

"就算你这么说,也说服不了我啊。"

"我说得太多了。对不起。不过,我是想把真实的想法告诉你。"

达郎微笑着没有作声。

"夜宵我会做好的。你去的路上当心些。"

达郎坐在出租车里，回想着民子的话。

和有野心的女人一起生活，也许会很累。但是，达郎并不那么在意。倘若两人都是钢琴家，双方的野心往往会引起相互间的摩擦，而棒球和钢琴，就是想要较劲也无法较劲。他觉得，这是两个门外汉之间的交往，用不着像民子那样神经过敏。

下午五点半过后，达郎走进了千香子母亲家的大门。

达郎跟着表情呆板的女佣走进走廊左侧的西式房间里。一架大钢琴就放在屋子正中央。

莓弱的夕阳从突出墙外的弧形窗户照射进来，把满是裂缝的泥灰墙染成了橙色。

猫腿沙发前的木桌上放着一座年代久远的大钟，还摊开着一份乐谱。深棕色柱子上有明显的损伤，却仍然不失体面。那损伤仿佛也在传承着老房子特有的沉闷。

敲门声响起，刚才那位女佣端来了红茶。打开的房门外面被苍郁的树木包围着，光线昏暗，仿佛笼罩在墓地般的气氛中。随着下楼来的脚步声，千香子出现在走廊里。

女佣朝达郎鞠了一躬，走出门去。

"对不起，刚才的课延长了，下不为例。"

千香子亲切地微笑着，但语气里却能感觉到一种距离。这是在她母亲的家里，看样子她是故意如此，以避免流露出在达郎公寓里见面时的那种亲昵神情。

"来，开始吧。"千香子飞快地说道，朝钢琴走去。

达郎注视着千香子的侧脸,她的脸上渗透着疲惫。他是第一次看见千香子如此憔悴。

即使开始上课以后,她的表情也是毫无生气。她用一如既往的严厉口气提醒着达郎注意,但她嗓音里却失去了弹性,有一种魂不守舍的感觉。

按千香子的要求,达郎用双手弹奏C大调和G大调的音阶。

练完音阶之后,千香子懒散地说道:"时间还有些早,不过今天就到这里结束吧。下个星期再回到单手弹旋律。达郎,《多瑙河之波》①这首曲子你知道吗?"

"曲名我知道,旋律是什么样的?"

千香子站到达郎身边,"我知道啊。"说着右手在琴键上弹了起来。

"我觉得会不会有些难?不过练练看吧。"

达郎接过乐谱,那乐谱是手写的。

"乐谱不在家里,所以我写了一份。是A小调,没有升半音和降半音。也许会有些难度,但我觉得你能弹好。"

"那就拜托老师教我啦!"达郎用调侃的语气说道。

"学会弹奏这首曲子的时候,你也许已经站在投手板上了呢!"千香子装模作样地说道,"我听说了不少,说你康复训练

---

① 19世纪末罗马尼亚作曲家扬·伊万诺维奇采用维也纳圆舞曲形式创作的吹奏乐圆舞曲,由序奏、四首小圆舞曲和尾声组成。后由作曲家改编为钢琴曲。

进行得很顺利啊。"

"住田说的？"

"嗯。说预测你九月归队。如果那样，就没有必要跟我学琴了。就连今天都没有必要了。"

达郎盯着千香子，"今天我总觉得你无精打采啊。"

"是吗？我自己什么都没有感觉到啊。"千香子用轻松的语气回答道，"去我的房间吧。特地让你来一趟，很抱歉。顺便还为你准备了晚饭。"

达郎跟在千香子身后走出上课的房间。正要上很陡的楼梯时，发现走廊深处有个人影闪过。达郎猜想可能是她母亲，但他无法确定。

千香子的房间在吱咔作响的长走廊的尽头。

一走进房间，达郎发出了惊叹。房间里悠然并排着两架三角大钢琴。墙壁上书架一直高达天花板，里面塞满了书籍。不，仔细一看，其中大部分不是书籍，而是乐谱。

"真像电影里看到的房子啊。"达郎说着在窗边的沙发上坐了下来。

"我冰着香槟酒，喝吗？"

"好啊……"

"待在这里感觉不好吧。"千香子淡淡地笑道。

"有一点吧。"达郎无奈地笑了，"这样豪华的房间，我见也没有见过啊。"

"我很喜欢高达天花板的书架。你等一下。"千香子走出房间，下楼去了。

キュウアイ　117

达郎站在书架前。肖邦、贝多芬……乐谱包着烫有金字的厚实封皮。当被这连自己这么高大的人都要仰头去看的书架镇住时，他再次意识到千香子离自己十分遥远。

他走回钢琴前，打开上面写着"施坦威"的①钢琴盖，试着弹奏《Let it be》。

突然，他发现钢琴上放着一个黑色坤包。包口开着，里面露出药袋的一角。

达郎偷偷拉出药袋来看，只见上面印着"玉岛心理诊所"，袋里好像放着药片。

达郎头脑里一片混乱，慌悸飞快地传遍了全身，他后悔自己偷看了药袋。

房门轻轻地敲了一下。

"我手上都是东西，你把房门打开。"

达郎慌忙把药袋塞回坤包里，朝门口走去。

千香子左手端着放有玻璃酒杯的托盘，右手拿着已经拔去瓶塞的香槟酒瓶。达郎接过了她手中的托盘。

"喝了这个，心情会好一点的。"

窗边放着一张大圆桌。达郎坐在靠窗的座位上。

"达郎，怎么了？你样子好奇怪啊。"千香子疑惑地问道。

达郎堆出笑容，摇了摇头。他想问她药的事，却怎么也找不到机会，结果问的却全是些不着边际的问题。

---

① 世界著名的施坦威钢琴制造公司的品牌，该公司由德国移民亨利·E·施坦威1853年在纽约曼哈顿的一个小阁楼里创立。

"怎么有两架钢琴?"

"两架全都是施坦威这家有名的公司制造的,放在左侧的那一架,是纽约施坦威生产的,它和汉堡施坦威公司生产的钢琴音色完全不一样。"

"你平时弹的是哪一架?"

"我弹的当然是施坦威总公司的啊。因为以前就一直弹那一架,所以还是那架好啊。"

"你一直在这个房间里练琴?"

"嗯。"

"从小时候?"

"是啊。"

"你小时候长得什么样?"

"有照片啊。你想看看?"

"嗯。"

千香子走进隔壁的房间,片刻后抱着照相本回来了。

"我父亲生前喜欢拍照,所以留下了大量的照片。如果全部都看,就要看到明天早晨,所以先看这两本。"

达郎翻开照相本,立刻露出了笑脸。

"你笑什么?"

少女时代的千香子是一个胖女孩,脸上的肉长得肥嘟嘟的。

这些照片让达郎的心稍稍沉静下来。

"这是第一次坐在钢琴前时拍的照片啊。"

三岁的千香子穿着白色短裙坐在钢琴前,手放在琴键上。

倔强的目光和现在几乎没有两样。母亲站在她身后扶着她的身体。

还有一家三口站在盛开的樱花下拍的照片。父亲是长着一张长脸的瘦削男子，将手放在女儿的肩膀上，和蔼地笑着。

千香子在自己家里弹琴的照片占去了照相本的一大半。

十二岁时在专业交响乐团协奏下演奏钢琴的照片，中学二年级在学生音乐会上获得第一名时的授奖仪式照片……千香子的身边必然都陪伴着钢琴。

令人奇怪的是，千香子微笑着的照片随着年龄的增长越来越少。达郎还注意到母亲对千香子很少露出笑容。

"你父亲去世是……"

"七五年，我九岁的时候。"

以一九七五年为界，笑容从千香子的家里消失了。

"提起父亲，我想起来了，下个星期四，父亲一位当建筑家的朋友要在叶山举行生日酒会。他每年都请我代表母亲前去出席，如果住田有空就一起去，今年正好遇上他外出参加比赛不能回来。达郎，你能为我当一回护花使者吗？"

"我陪你一起去合适吗？"

"是住田说的呀。他问我让你当护花使者怎么样。"

"是他说的？"

"是啊。他是非常相信你的呀。"千香子嘴角露出了嘲讽的笑意。

"我可真是有辱使命啊。"

"你是说参加酒会？"

"都是有辱使命啊。去参加酒会也好,受住田的信任也好,都……"

"酒会不是那么正儿八经的。"

"我知道。既然是在叶山,离训练场又不那么远,跟你一起去吧。"

"太好了!"千香子喝了一口香槟,"碰头地点我再打电话告诉你。"

达郎再次把目光落在照相本上,"你小时候除了弹钢琴,就没有别的乐趣了?"

千香子猛然把脸凑近达郎,"有啊。"

"是什么?什么乐趣?"

"你猜是什么?"千香子故弄玄虚地轻声说道,又用魔术师那种装模作样的手势从裙子口袋里取出几张卡片。

望着那几张撩起怀旧情怀的卡片,达郎脸上露出了微笑。

千香子拿在手上的,是戴假面具骑手的卡片。那是当年畅销的休闲点心附带的赠品。达郎小时候为了想得到卡片,也曾经一个劲地买那种休闲点心。

"吓了我一跳。你也买骑手卡片?我当年也拼命收集过呢。"

"我没去收集,只是向学校里的同学要了几张。"

"是你母亲不准你收集?"

"你为什么会这么想?"千香子谛视着达郎。

"不,我没这么想。因为那时候哪个父母对这种爱好都会皱眉头的……"

"我的目标是当钢琴家,所以只是没让自己沉迷在这里面。"

"那个收集卡片的大概是你喜欢的男孩吧。"

"猜对了,是我的同班同学在收集,他父亲是开草席店的。不过,这个男孩对我好像丝毫不感兴趣。"

"那家伙一定是觉得和你是生活在不同世界里的吧。"

"嘿,怎么了?"

传来了敲门声。千香子打开房门,女佣推着装有膳食的小型手推车进来了,简直就像酒店里的客房服务似的。

女佣把做工精致的玻璃酒杯、花纹典雅的陶制食器、带刺绣图案的餐巾摆放在桌子上。

达郎拔去红葡萄酒的瓶栓,千香子放了张CD,流畅优美的钢琴声在房间里荡漾起来。

"是你演奏的?"轻轻碰了一下葡萄酒杯之后,达郎问道。

"不是我,是名叫魏森伯格①的保加利亚钢琴家弹的。来,吃吧。"

小型手推车上装着的,是典型的法国菜。

"是我母亲做的,"千香子说道,"母亲也觉得你不仅仅只是个学生,她说想在家里请你吃饭,我就提出由母亲来做。"

"不仅仅是个学生?这是什么意思?我们的关系,你母亲……"

"不是的。我意思是说,她觉得你是女婿的客人啊。母亲

---

① 1929—2012:法籍保加利亚钢琴家,其演奏风格是宽阔幅度与精湛技巧的结合。

不可能察觉我们的事情的。"

达郎把沾着奶油冻的烟熏鲑鱼送进嘴里。

"味道怎么样？"

"很好吃啊。你母亲做得这么好，你也……"

"不行啊，我不会做菜。"

"我早就有一个疑问，你是独生女儿吧？"

"嗯。"

"没有提出让你找个招女婿？"

"和住田结婚时，这事也提起过，但住田的父母反对。我母亲，嗯，她好像觉得怎么都行，干脆就让步了。她说，只要钢琴家岸本千香子的名字留在世上，其他的就不是什么大事了。"

"这么说来，她也绝对不会提什么想见孙儿之类的话了吧。"

"现在就连我自己都不想要孩子。"

"是怕弹琴受到妨碍？"

"你那个离了婚的夫人想要孩子吗？"

"结婚前就已经怀孕，但流产了。"

"对不起。"

沉默了片刻。

"你母亲的脚以前起就不好？"

千香子的脸颊蒙上了阴影，"是我小的时候，她从楼梯上跌下来的。"

"就是刚才上来的楼梯？"

"是啊。"

"很陡啊，那楼梯。跌得不巧也许会摔死的。"

"我好几次回想起来都感到害怕啊。"千香子的表情依然很黯淡。

"不过，你母亲什么都会做啊。"

"她是一个完美无缺的人吧。"

"为什么她放弃当钢琴家？"

"说是父亲不让她弹的，"千香子说到这里，抿着嘴露出了笑容，"母亲是这么说的，但其实不是。是她知道自己成不了一流钢琴家，所以就不弹了，她是想保住自尊吧。嘿，那种事，管它怎么样呢！你吃吧。妈妈做的菜比我做的可口得多。"

正餐主菜是带骨头的小牛背脊肉。

"明明是在杉并区，感觉却总像是在旅行似的。真奇怪。"

"下次，我们两个人去旅行怎么样？"

"想做的事情有很多，不能再等一等吗？康复训练不能半途而废啊。"

"是啊。"千香子索寞地伏下了眼睑。

"你的手康复得怎么样？你还什么都没有对我说呢。"

千香子注视着自己的手，"我记得以前对你提起过，已经感觉不到疼痛了，但手指还不灵活啊。现在CD放的是拉赫玛尼诺夫的钢琴奏鸣曲。一般来说，弹拉赫玛尼诺夫的曲子手指负担很重。李斯特的曲子也是。其他还有很多曲子很容易让手指感到疼痛。丛长度上来说，一个八度音阶有十七十八厘米，要同时、快速、有力、准确地弹奏它，即使在没受伤时也是很费力的。我左手受伤的手指很无力，所以弹出来的音质不饱满。这样下去，真不知道什么时候能上舞台。"

"从投手板到本垒板大约有十八米远。怎么我们俩都让'十八'这个数字缠住了？"

"你那个死了的猫也叫十八吧。"千香子故意少女般地笑道。

"不过，你的情况也许和我一样，多半有些精神方面的因素吧。"达郎故作轻松地说道。

"与精神没有关系。"千香子坐正了姿势，一口否定，又把双手举到眼前，"只要这个手指恢复不到原来那样的最佳演奏状态，就什么都谈不上。"

"都说钢琴家是终生的职业，那衰老对演奏有没有影响？"

"当然有啊。以前有个天才钢琴家，名叫鲁宾斯坦[①]，他晚年的演奏就很清楚地听得出衰老。"

"那不是很好吗？"

"好什么？"

"那位天才钢琴家不是衰老以后也照样上舞台的吗？你因为车祸受的伤，几乎危及了你作为音乐家的艺术生命，这是哪个音乐迷都知道的。你的演奏即便眼下不能马上恢复到原来的状态，他们也会宽容地谅解你，因为钢琴演奏不是非赢即输。而如果打棒球，即使投球或击球的姿势再完美，如果不赢球就

---

① 1829—1894：俄国钢琴家、作曲家，被赞誉为继李斯特之后最伟大的钢琴家，有些评论家甚至对他的评价高过李斯特。

キュウアイ　125

一文不值，所以我的输赢是站到投手板上以后才能决出的。现在无论投出多么好的球来，如果不是站在投手板上留下成绩，就会毫无意义。这跟能不能投出以前那样的快速球，有没有出色的控球能力，也都毫无关系。而你的情况呢？听众对演奏的感受也是因人而异的吧。即使你认定自己不行，听众也许却会觉得非常好呢。"

千香子用手朝上拢了拢头发，身体靠在椅背上，"明白无误地看到结果，有时会是很残酷的。但从不同的角度去思考，反倒能得到解脱。事情不就是这样的吗？因为无论输还是赢，我们只能面对现实。不过，钢琴演奏的结果不是看得见摸得着的。正如你说的，听众是有感情的，因此，演奏如果无法博得好评，钢琴家就会陷入泥潭。"

"你的意思是，关键在于弹奏者的自信？。"

"你说得对。不过，所谓自信，就是必须深信自己完美无缺。现在我还没法这么想，所以舞台就上不去。"

达郎无言以对。他觉得如果自己过分干预千香子的烦恼，两人难免会吵起来。他为自己斟了葡萄酒，缓缓地举起了酒杯。

吃完饭时，响起敲门声。

没有等千香子来得及回答"来了"，房门就打开了。

出现在门口的是千香子的母亲慈子。刚才送料理来的女佣和跛腿母亲紧紧地倚靠在一起。

达郎站起身鞠了一躬。

"这菜，合你的口味吧？"

"非常可口。谢谢您。"

慈子在圆桌边的沙发上慢慢地坐下。

女佣收拾杯盘走出了房间。

"荒矢君,你也坐到那边去吧。"千香子站起身,"妈妈,你喝红茶吗?"

"我不用了。"

千香子为自己和达郎沏了红茶。

"有件事要感谢荒矢君。"

"啊?"

"自从教你学钢琴以后,千香子变化很大啊。"慈子说完以后,目不转睛地注视着达郎。

面对那副看不出情感的眼神,达郎颇感狼狈。他觉得千香子母亲已经察觉了两人的关系,说出来的挖苦话是那么刺耳。

"我什么也没有做。"达郎笑着答道。

"你受了伤不得不退出第一线,能和你认识,给了千香子很大激励。"

"要说激励,她对我也是一种激励啊。"

"听说你很喜欢《水之嬉戏》?"

"是啊,怎么说呢……"

"这首曲子非常难啊,因为必须分别弹出各种水的特征。"

"同样是《水之嬉戏》,我觉得还是小姐弹奏的最好。"

慈子的表情几乎没有变化,但看得出她的嘴角微微露出了嘲笑的神情。

"这孩子的《水之嬉戏》,还是在郡山音乐演奏会上弹得最好，那次演奏被收进她的第一张唱片集里。听着那次的演奏……"说到这里，慈子沉默了片刻，"你是棒球选手，无法要求你靠听觉分辨出来，总之，那时千香子的演奏是极为出色的。"

达郎感觉肺都要气炸了。对强忍着失意的人提起以前的光荣历史，没有比这更残忍的事了。何况讲出这种话来的竟然是她的母亲，达郎感到不可理喻。

达郎偷偷看了千香子一眼。千香子将长长的食指按在桌子上移动着。她的表情比想象中平静。

"是啊。妈妈说得没错，我也觉得那时的演奏是最棒的。"千香子的声音爽朗得出奇。

达郎有一种痛心疾首的感觉，他觉得自己好像在拼命迎合千香子的母亲。

"听千香子说，也不知道为什么，她一到你面前就能弹得非常好。"

"不过，手指的感觉还不太好，没达到那时候的演奏水平。"千香子害羞地说道。

"我还也没法作出评价，因为你还没有让我听到那种充满自信的演奏嘛。"

"我正在努力要让你听到，不过还需要些时间。"

"正好荒矢君和我在一起，你能不能弹给我们听听？"

"今天晚上不行啊。何况已经喝过酒了……"千香子那硕大的眼瞳失去了平静。

达郎故意夸张地看了看手表，"我该……"

"你还有事情?"千香子问。

"嗯,因为家里有人要来。"达郎站起身,再次感谢慈子的款待。

"荒矢君,你大概觉得我对女儿很冷漠吧。"千香子母亲说道,她的眼睛并没有看着达郎。

"我没觉得……"

"全都是为了这孩子啊。三十一岁之前,千香子就只有钢琴。事到如今,人生不能重来。现在如果怎么也不能重新振作起来,她就会失去真正的幸福,以后连普通的钢琴老师恐怕都做不成了。我对棒球一窍不通,但我想如果现在让你当个业余棒球的领队,你也不会情愿吧。在别人眼里,我也许像个魔鬼,但对这孩子来说,现在才是关键的时刻。"

"妈妈的心情谁都能理解的。是吧?荒矢君。"

达郎勉强地露出笑容,点了点头。

"我去送送他。"

达郎跟在千香子和她母亲身后走出房间,慈子恭敬地向达郎道别以后,消失在一楼昏暗的走廊深处。

走到外面,达郎深深地吸了口气。

"把你吓着了吧。"千香子平静地说道。

达郎没有开口。

"走一会儿好吗?"

"好吧。"

两人朝着善福寺池的方向走去。水杉大树树荫下的长凳上闪现出情侣们的身影。

簇生在水池里的芦苇随风发出凉快的声响。

"我母亲不擅长表达自己的爱。"

"她非常客气啊。"

"是吗？我没觉得她怎么客气呀。"

"那我就没话可说了。"

"你为什么那么生气？"

"我没生什么气啊。"

千香子依偎着达郎的臂膀。柔软肌肤的体温传遍了达郎的全身。

"千香子，你手指不是已经恢复到任何曲子都能弹了吗？"

千香子冷不防放开达郎的手臂，站在那里停下了脚步。

"我刚才偶然看到了你包里掉出来的药。你看病的地方不是整形外科。"

"那又怎么了？"在黑暗中，千香子的眼睛闪着光。

"不怎么样，我只是想知道真实的情况。"

"手指没有完全治愈，我的心情会忧郁吧，所以我在服用镇静剂和安眠药。事情就是这样。"

"你每天都回娘家去？"

"不好吗？"

"不好。住田是你的丈夫，他会怎么样？"

千香子高声笑了起来，"真没有想到你会说这样的话。我和住田很融洽的话，就没有你的份了。"

"住田是你为了保持自己体面的道具？"

"你别说得那么难听，我们是喜欢才在一起的呀。尽管母亲极力反对，我们还是结婚了呀。"

"我不知道你母亲是以什么心态对你的，如果说没有她的同意你就不上舞台，那么你一辈子都不能东山再起啦。"

"你其实什么都不明白。"

附近长凳上抱在一起的情侣好像受了千香子声音的惊吓，起身离开公园去找隐蔽的地方了。

"不该你管的事你就别插嘴，我是在考虑适合自己的前程。"

"你怎么考虑的，说给我听听。"

千香子噘着厚厚的嘴唇，洁白的牙齿冷峻地反射着街灯的灯光，具有攻击性的眼睛眯了起来，令人感到增添了一丝苍凉感，"你说些什么呀？你还没有资格命令我呢！"

"千香子！"达郎想要抓住她的手臂。但千香子甩掉他的手奔跑起来。

回家以后，达郎想给千香子打电话，但一想起千香子从自己面前离去时的那副表情，本要去拿电话机的手停住了。

整整三天，千香子没有打来过一个电话。

第二个星期的星期二，看完体育新闻，达郎朝时钟瞅了瞅，马上就快半夜十二点了。

不和千香子取得联络，他就静不下心来。原来说好两天后的星期四要去参加酒会，他想确认一下还要不要自己当这个护花使者。达郎拿起了电话听筒。

铃声响了十多次，但既没有人来接电话，也没有连接电话录音。是睡着了，还是外出了？达郎担忧起来。

他知道自己已经沉溺于千香子不可自拔，但还是对自己如此沉不住气而感到生气。

达郎走进钢琴房里开始做屈伸运动。一活动身体，忧郁就渐渐得到了排解。因为出汗，他向浴室走去，想要洗个澡。就在这时，电话铃响了。

也许是千香子。达郎不愿意让她觉得自己正迫不及待地等她的电话，便深深地吐了一口气，然后才拿起了听筒。

"你已经睡了？"千香子声音嘶哑地问道。

"我刚才给你打过电话。你没在家？"

"我睡着了。听到电话铃在响，但爬不起来。"

"是因为服了药？"

"我不是为了谈这种事才给你打电话的。后天的酒会，你要按时来啊。"

达郎感觉得到千香子的声音里带着刺，但他装作没在意。

"我也是为这事给你打电话的呀。当然要去，在哪里碰头？"

"六点半，在逗子车站，怎么样？"

"知道了。"

沉默在弥漫着。上次的争论好像还没有熄火。

"药可不要服得太多啊。"

"晚安。"千香子冷漠地说完，挂断了电话。

* * *

骄阳似火暑气熏蒸，一丝风也没有，训练场上的深绿色草坪仿佛也在喘着粗气。

有几名球迷在投球练习区旁的铁丝网外观看达郎训练的情景。

"荒——矢——!"传来了一个女人的声音。

两名穿着校服的女高中生朝荒矢挥动着手,其中一人还按动了一次性相机的快门。

达郎停下来愣愣地朝女高中生那边望去,两名女孩娇媚地叫喊着,穿着宽松短袜的胖腿在情不自禁地蹦跶。

然而,达郎朝那里眺望不是为了照顾少女们的情绪,而是在女孩们的身后绿色苍郁的樱树那里,他发现了一个像是千香子的女人身影。

千香子穿着白色的紧身连衣裤,衣袖卷起,上半身的纽扣解开着,里面露出胭脂色大圆领女式背心的前胸。

这不是出席晚会的打扮。

她戴着墨镜,看不清她眼睛的表情,但她的嘴唇上分明正在渗出淡淡的笑意。

达郎感到困惑,不知道该不该喊她。

"那个,是住田的夫人吧?"背后传来佐古田的声音。

"好像是吧。"达郎装作不知。

"赶快开始投球!"

达郎心里惦记着千香子,但还是向投手板走去。

看样子佐古田把千香子请到运动场里来了,她沿着围墙绕了过来。

还不能使出全部力量投球。体能没有问题,但状态还不稳,这令达郎憋着一肚子气。

他放松情绪连续出球,球路都集中在低位,达郎很满意。

投完三个球后,无意中回头朝后望去,只见千香子正从门口向投手练习区走来。

第四球用力过猛,球飘了起来。

千香子站在佐古田的身边。

达郎感到气馁。他把手伸向松脂粉袋,想让自己镇定下来。

直到现在,达郎都是在投直线球。弯度很大的曲线球和飞到击球手面前会急刹车似的突然下行的下坠球,还没有允许他投。

强烈的欲望驱使着达郎,他此刻就像一个急于向母亲展示自己已能做单杠倒立的孩子。他想表演一个会突然下行的下坠球。但擅自投这种下坠球,肯定会受到佐古田的严厉训斥,他只好克制自己,继续投直线球。

这天,球的飞行线路老是出偏差。

"你怎么用的力?"佐古田呵斥道,丝毫没有觉察达郎发力不稳的原因。

投完二十五个球,达郎朝运动员休息区走去。他一边从佐古田手里接过冷敷冰护肩,一边和千香子说话。

"晚上的预定改变了?"

"没有。反正要去叶山的,先来看看我学生的康复训练也不错。"

达郎把那天晚上的安排告诉佐古田。一听说他是代替去名古屋参赛的住田为千香子当护花使者，佐古田狡诈地笑了。

"是让荒矢当那种酒会的陪同吗？"

"佐古田先生，不是您想象的那种啊。"

佐古田笑着问千香子达郎有没有弹钢琴的天赋，千香子打了包票。

"行，那么下次弹首曲子让我听听吧？"佐古田心不在焉地调侃道。

达郎偷偷望了千香子一眼。他希望佐古田赶紧离开，但佐古田却不像要走的模样。

千香子取出信封，"这里面写着今天晚上酒会的地址，你只要比酒会时间早到一会儿就行了。"

达郎脸上露出惊讶的表情，千香子用眼睛给了他一个暗示。

"我明白了。"

千香子向佐古田鞠了一躬，离开了运动员休息区。

千香子的信上写着碰头地点改变了。叶山有一幢千香子母亲的名下的别墅，她要达郎到那里来。

夏季的叶山很拥挤，所以达郎很早就离开了横须贺，但海岸大街十分拥堵，汽车几乎无法动弹。

达郎眺望着冲浪帆板上反射着白炽阳光的风帆，一边在车流中缓缓地向前挪动。

岸本家的别墅在靠近森户海岸的高台上。大概是听到了汽车的声音，大门飞快地打开，千香子迎了出来。

她穿着和服。达郎望着千香子愣了片刻。

千香子打开了车库的活动门。

达郎下了汽车,望着怔怔地站在车库一端的千香子。在她的身后,隐约看得见深灰色的大海,残阳将大海染得通红。

她穿着品质优良的市松方格花纹①和服,紫色和白色相间,碎白点花纹淡雅而朦胧,白色柔和地融入在紫色里。

"你穿和服去?真没想到啊!"

"怎么样?"

"你穿着很配啊!"

达郎跟着千香子走进屋内。与周围林立的西洋风格的建筑物相比,这幢千香子祖父一九五六年建造的别墅显得相当局促。身材高大的达郎进去时像是从玄关钻过去的。昏暗的走廊里响着足音,千香子一直朝里面走去。

"要喊一辆出租车。"

"坐我的车……"

千香子回过头来。面对穿着和服在昏暗走廊里驻足回头的模糊身影,达郎顿时屏住了呼吸。

他目不转睛地紧盯着淡雅的和服。大概可以说是和洋折中的奇妙吧,从千香子的身体内散发出一种神秘的妖艳。

"怎么了?"

"不,没什么。"

"坐出租车去,就可以喝酒了吧。"

---

① 日本江户时代著名演员佐野川市松常在舞台上穿黑白两种方块交错排列成围棋棋盘模样的上下配套衣服,以至在民间一直流行至今。

喝完酒回到这里以后呢……愚蠢的提问差一点儿脱口而出。

叶山没有出租车公司，出租车从逗子赶来需要大约三十分钟。

于是，达郎在玄关边上的西式房间里和千香子面对面坐着，喝起了可尔必思。

"今天你尽在吓唬我。在训练场里看见你的时候，我真是心惊肉跳啊。"

"我想看看你在训练时是什么样的。"

"你那是冒险。"

"你能把球投得那么快，我很吃惊啊。在电视里看，体会不到那样的速度感。"

"把你吓成那样，我就麻烦了，"达郎傲气地说道，"以后如果投不出十公里以上的快速球，就不能参赛。"

千香子粲然一笑，然而她的眼睛里却流露出认真的神色，"佐古田也说你恢复得很顺利啊。照这样下去，你会投出称心如意的球的。这下好了，我放心了。"

"上次不是对你说过吗？在正式上场决胜负之前，还什么都不知道呢。"

"没关系啊。我是觉得你能风风光光地归队的。这是感觉，是我的直觉。"

正在说话的千香子身上笼罩着一种挥之不去的寂寞感。她的恢复颇费时间，达郎良好的恢复状况，似乎在她心里投下了阴影。

キュウアイ　137

建筑家的别墅座落在横须贺市秋谷地区。出租车在越过长者崎之后与大海岔开,开上了弯弯曲曲的山间小道。

正是太阳要下山的时候。

两人没有提起吵架那天夜里的事。千香子一直在介绍那个开酒会的建筑家。那天是建筑家第六十三个生日,之前他已经换了三任妻子,人称艳福家,他现在的妻子四十岁,在他花甲之年还生了他的第六个孩子。千香子说自己在他六十岁生日的酒会上还弹奏了钢琴。

达郎听着千香子的介绍,心里却在想着别的事。

千香子说,向佐古田问过达郎的康复情况后她放心了。那么,他到底应该向谁去问千香子的康复情况呢?问她的母亲?唯独不能去问她的母亲。他心想自己应该找一个能够坦率地询问有关她状态的人。

"趁现在,有个事情我想对你说一下。"千香子突然改变话题,将目光移向窗外。

"什么事?"

"今天晚上的酒会有个节目是弦乐四重奏,其中一个拉小提琴的就是他。"

"你说什么!"

"你不要大声叫喊,我自己也是今天刚知道的。是正要离家时,名村——就是他——打电话给我,我才知道的。"

"你不是说已经跟他彻底分手了吗?"

"是分手了呀,可是他无论如何想要跟我重归于好。"

"这件事,住田是知道的吧?"

"所以他才推举你来陪我啊。"

"我是在担任监视的角色?"达郎无奈地笑了。

"你那么在乎?"

"说不在乎不是实话。不过,现在再说也已经晚了。"

"我觉得很奇怪啊,"千香子悄悄地握住达郎的手,偷偷地笑了,"这事不能用'偷鸡不成反蚀米'来形容吧,因为他早就已经在'蚀米'了。"

建筑家的房子建造得像是伸出在大海上,一楼的大厅甚至可以称之为"多功能空间",从宽敞的露台上可以眺望大海。大厅深处放着三角大钢琴,还准备了椅子和乐谱架。

受到邀请的客人有五十人左右,头面人物差不多都已经到齐了。

正如千香子说的那样,看来这是一个很轻松的酒会,达郎看到不少男士都没有系领带。

"千香子,你的和服真好看啊。"一名中年女士招呼道。

"我还没穿惯,老觉得好像不是自己的,心里有点不踏实。"

女士从千香子身边后退几步,从老花眼镜后面仔细打量着和服,"是明石绉绸啊。真的和你很配。"

"谢谢。"千香子恭敬地道谢之后,把站在不远处的达郎介绍给女士。

女士是著名酿酒公司的社长夫人。达郎只是敷衍了一下,不愿意再多说什么。女人也只是礼貌地寒暄了一下,然后说住田不能出席酒会很遗憾,明目张胆地无视达郎的存在。

不断地有客人聚拢到千香子的身边来。

"真想尽快听到岸本小姐的钢琴声啊。"一个不用问就知道是同性恋的设计师说道。

"你恢复了健康，太好了。看这样子很快就能重返舞台了吧？这下我就放心啦。"一位嫡派花道掌门人用恳切的语气说道。

面对这些寒暄，千香子用一副诚恐诚惶的姿态不绝笑脸地应答着。这种神态让人丝毫也感觉不到她服用过镇静剂。

"估计什么时候可以重上舞台？"有人这样问。

"我想明年年初再上舞台啊，"千香子面对这样的提问从容回答，"重上舞台的第一个曲子，我打算弹奏拉威尔的《水之嬉戏》。"

千香子脸上浮现着笑容，目光朝达郎那边望去。

重回舞台的计划肯定还没有制定，想不到她却脱口说出只有达郎能够理解的"明年"来。达郎感到千香子很可怜。

越是逞强硬摆出笑脸，就越是被人追逼着询问。这一点和达郎是一样的。

过生日的建筑家是一位细皮嫩肉的男子，恰如其分地让人感觉是个有艳福的人。因为在学生时代打过棒球，他打心眼里喜欢达郎来参加酒会。

参加酒会的人中，除了这个建筑家之外，还有几个棒球迷。达郎是稀客，人们在他周围渐渐地围起了一圈。一个女雕刻家估计与达郎差不多年龄，她说因为对体育运动员的肉体颇感兴趣，所以也开始看棒球比赛。借着葡萄酒的醉意，她用赞叹的目光频频地打量着达郎。

"请不要见怪，我想为你做一个投球姿势的雕塑，当然是裸体的啦。"

她的话耐人寻味，但语气和眼神并未感觉到猥琐。看得出她对达郎的关注纯粹是出自艺术上的兴趣。然而，这反而令达郎的心情变得很糟糕。

主持人拿起了麦克风，达郎借此机会逃离了女雕刻家。

"现在请大家欣赏弦乐四重奏。为了祝贺东村先生诞辰，今天晚上邀请到了当红的年轻演奏家。"主持人介绍给大家的四名演奏家，全部都是男士。

"达郎，"千香子轻声对达郎说，"就是左起第二个拉小提琴的。"

千香子曾经的情人名村公一郎，是一名身材颀长留着长发的青年。

平时各自单独演出的四名演奏家被介绍完后，便开始一起调音。

会场里响起了莫扎特弦乐四重奏的旋律。

名村公一郎的长发随着曲子的节奏缓缓地飘舞着，他是个长脸的美男子，给人一种大户人家公子的感觉。

达郎注视着这位小提琴新秀，心里冷静得连自己都感到吃惊。他一贯认为，要和好女人交往，就不能在乎她的过去。他心里忽然想道：这个小提琴家还是个孩子呢。

达郎看着名村拉弓演奏的身影，脑海里却始终离不开住田。他感到心酸。住田对他寄予了最大的信任，他是为了使妻子远离名村,才让他暗中监视妻子的。他为住田感到悲哀。

应来宾要求又演奏了一遍莫扎特之后,四重奏小组就解散了。

名村一边整理领结,一边走入参加酒会的人群里。女人们围住了他。

能和年轻小提琴家套上近乎,女人们都欣喜若狂。这从远处望上去也是一目了然。

可是,名村那双大眼睛却一直朝千香子这边望着,不久,名村走到千香子和达郎这里来了。

千香子把名村介绍给达郎。名村给他名片,于是达郎也取出了很少发给别人的名片。

"你丈夫呢?"名村问千香子。

"去名古屋参加比赛了。"

"今天晚上住在哪里?"

"要请荒矢君送我啊。"

名村那稚气未脱的眼瞳里浮现出落寞的神情,"我有话要对你说……"

达郎想要从他们这里离开。

千香子一把抓住他的手臂,目光依然望着名村,"要是有什么话,请在这里说。"

"这有点儿……"

"名村君,你对棒球感兴趣吗?"千香子出其不意地问道。

"对不起,我一点儿兴趣也没有。"

"是啊。小时候是在英国生活的,所以与棒球无缘吧。"

"我喜欢橄榄球，对棒球不太懂。"名村尴尬地笑了。

"我想冒昧地请教一个问题。你最近听过岸本小姐的练习吗？"达郎开口问道。

千香子不由得倒吸了一口冷气，不解地望着达郎。

"最近一段时间没有听过……"

"最后一次听她练习是什么时候？"

"记得是四月份吧。"说到这里，名村含情脉脉地望着千香子，求证似的说了句，"是吧？"

"我是学生，我想知道老师的恢复情况。"达郎目不转睛地盯着名村，"我觉得她即使现在就上舞台也是顺理成章的，不知您怎么想……"

千香子插到两人之间面对着名村。

"你是小提琴家，其实不懂弹钢琴的事。而荒矢君是棒球选手，你对他说得再多，他也不可能理解。你们俩就是讨论也没有任何意义。是不是？"

千香子没有大声嚷嚷，但那压低嗓音的语气却比拉大嗓门更有压迫感。

"荒矢君，我想该告辞了，你送送我吧。"

"我去叫出租车吧。"

"请再稍等一会儿，我来送。"名村拼命地缠着不放。

"今天晚上荒矢君是住田请来护送我的呀。"千香子果断地回绝了。

达郎从千香子那里要来出租车公司的电话号码，走到了露台上。他不想在酒会的会场里使用手机。

达郎一边打电话，一边用目光扫视着酒会会场，他看见名村缠着千香子在不停地说着话。

给出租车公司打完电话之后，达郎又在露台上待了好一会儿。

海浪不停地扑打海岸，又不停地退走，温暖的海风轻抚着他的面颊。

因为千香子的阻拦，无法和名村对话，这令达郎万分遗憾，因为他今后不可能专程去请名村介绍千香子的情况。他觉得自己很滑稽，竟然会不惜向千香子以前的情人打探她的心理症结所在。

"你一个人在傻笑什么？"背后传来千香子的声音。

"我没有笑啊。"

"你笑了。"

两人靠在扶手上，眺望着黯黑的大海。

"怎么样？你有什么感想。"

"见面很好啊。我是一直想见他的。"

"你的心胸很宽广。"

"不是啊。我是有很多事情想要问他。如果你不阻拦，我也许能了解一些情况。"

"出租车好像来了。"

看得见有一辆出租车在小道上朝着这边驶过来。

千香子冷漠地离开扶手，返回了屋内。

* * *

被褥散发着太阳暴晒后的气味。大概是千香子趁着早晨来别墅时拿出去晒的。

用作卧室的房间在二楼的里面。电灯隐在壁龛的天花板里，橙色的灯光柔和地洒在壁龛框的磨光圆木上。

壁龛边上有个窗户。千香子将手臂撑在窗框上，眺望着窗外。

这扇窗户是特地朝着大海的，看得见沿着海岸线延伸而去的国道上的灯光。

"我常常一个人来这里。这房子里没有电视，也没有钢琴，有的只是大海。我喜欢这样。"

"和住田、名村，都没有来过这里？"

"和丈夫当然来过啊，可是和名村一次也没有来过。"

千香子吸了口烟，抿了一口酒，又吸了口烟。达郎感到一种极其舒适的疲劳。开口说话是很扫兴的，随意地看着千香子，心情会很好。

一只虫子闯进来，停在宣纸上，随即又飞了起来。那是只小金龟子。千香子猛地伸手将它一把抓住了。

"我不喜欢昆虫，但唯独金龟子是例外。"

被掳获的金龟子沿着千香子的手指往上爬。它的影子鲜明地映在墙壁上。达郎也被情欲掳获了。他从身后将千香子紧紧抱住，千香子失去平衡仰天倒下，金龟子从千香子的手指上飞走了。

她的身体瘫软下来，嘴唇贴向达郎不停地吮吸着，像是在寻觅温暖；脖颈优美地晃动着，回应着达郎的爱抚。达郎的手从和服下摆伸入，直抵她的腋下。腋毛被剃净的腋下像婴儿的

キュウアイ　145

嘴唇一样柔软而湿润。

千香子将嘴唇松开，放开达郎，衣衫不整地侧身坐着，开始解和服的绦带①。

解绦带时，千香子的目光也没有离开达郎，绦带解开时干燥的摩擦声在周围回响。

绦带滑落在草席上。一松开和服，达郎没有等她把伊达狭腰带②解开，便压在了千香子身上。

和服的长衫衣已经凌乱，艳丽的肌肤露了出来。达郎将舌头在丰满的乳房上爬行着，两人相拥着在狭窄的房间里翻了几个滚。达郎的脚被装饰墙挡住了去路，但手却没有停止爱抚千香子。千香子扭动着身体，发出激烈的呻吟声。大概是出自黑暗中远离世间的安全感，她对达郎的要求比在达郎公寓里交媾时更要贪婪得多。

亢奋的波涛方才平息，激情的巨浪旋即袭来，惊涛骇浪将达郎的身体席卷而去。沿着面颊流淌下来的汗水濡湿了千香子剧烈起伏的胸脯。

完事之后，相互磨蹭着汗水淋漓的身体，好似还在留恋已经退去的狂潮，两人都心照不宣地微笑起来。

体内的风暴在渐渐平息，海风从半敞的窗户潜入，让人备感惬意。

"真想永远这样啊。要是能把棒球和钢琴全都扔了，两人

---

① 女式和服腰带上的小饰物之一，避免带子结扣松开而系在带子上束紧用的。
② 和服小饰物之一，系衣带之前使用，以防衣服走样。

就这样活着该有多好啊。"

达郎也希望这样。也想沉溺在悠闲的生活之中。想着想着，便又想得到千香子的身体了。

新的浪潮平息时，千香子拢起长衫衣的胸襟，默默地站起身，一边梳理凌乱的头发，一边走出了屋子，好像是去浴室。达郎伸开手脚躺在被褥上，草席上散乱着和服和腰带，他觉得那像是散落在战场上的尸骸。

达郎怎么也睡不着，千香子也一样。

"达郎，你给我说实话。"千香子突然开口问道。

"什么实话？"

"你对名村一点儿也没有吃醋？"

"有什么必要吃醋吗？"

"即使没有必要，该吃醋时还是会吃醋吧。"

"我倒是一边听着他的演奏，一边在想着住田。住田一点儿也没察觉我们的事吗？"

"现在好像还没察觉，他以为我和名村还保持着关系呢，压根儿就没想到我会跟你这个棒球选手恋爱。"

"弹古典音乐的钢琴家和只有投球能耐的棒球选手，是天壤之别吧？这句话真是一点儿不错，我也根本没想到会和你这样的女人有这种关系啊。"

"男人和女人，不管什么事都可能发生啊。"千香子飘逸迷人的目光望着达郎，微微一笑。

"住田真是个公子哥儿，丝毫也不戒备什么地方会潜伏着危险。今天，我总觉得是干了一件对不起他的事。"

"你不用在意啊。他看不起你达郎,以为你是个绝对安全的人,这是他的失算嘛。"

"名村好像到现在还很喜欢你。"

"我已经对他说清楚了,可他好像还在拖泥带水。"

"他常给你打电话吗?"

"有时会的。"

"他知道我吗?"

"我没有说过,但经过今天晚上的接触,他应该已经明白了。我和他已经结束了,尽管有些对不起他。这样很好啊!"

"你早晚也会对我说这样的话吧?"

千香子翻了个身,俯卧着点燃了烟。在打火机发出火光的瞬间里,浮现出千香子那锋利的目光。

"你为什么向名村提那样的怪问题?"

"那问题不奇怪呀。我只是觉得他是音乐家,应该能判断出你的演奏已经恢复到了什么程度。"

"你在为我担心,我很高兴,但不管你问谁,没有人能回答这个问题。"

"只有你母亲一个人能回答吗?"

千香子将右颊埋在枕头里,目光朝着达郎这边。达郎担心她会发火,不料千香子只是毫无表情地望着达郎。

"千香子,我不要求你解释得能让我听得懂,但你对我说实话行不行?你的烦恼到底是什么?你的烦恼仅仅是把这么重要的手指弄伤了,不能灵巧地弹钢琴吗?"

"你是说,其他还有什么烦恼?"

"我不知道,所以我才问你呀,所以我想请名村告诉我。"

"这孩子还什么都不懂呢!"千香子的语气有些不耐烦了。

"总之,你不能吃药了。"

"那药是医生开给我的呀,你不要那么神经质。"

达郎平素连烟都不抽。他怀疑自己是不是多虑了。

"你很坚强,这很好啊。"但达朗觉得,千香子的语气里好像含有"你很单纯很好啊"的言外之意。

"你对我还什么都不了解呢。我常做投出去的球被击中的梦,也会做更荒诞的梦。"

"什么梦?"

"一想到不打棒球,梦里就会出现洁白的墙壁,我被关在没有出口也没有窗户的墙里。"

千香子揉灭香烟,用手指抚弄着达郎乳头上长出的体毛。乳晕受到刺激猛然紧缩了。

达郎静静地紧紧抱着千香子。但千香子蜷缩着身子继续抚弄着他的乳晕,睁得硕大的眼睛却好像什么也看不见。

"我也要加把劲啊。"千香子微笑着,是带着悲壮色彩的笑容。

第三部分

住田已经回来,正无忧无虑地和酒吧侍者亲切地聊天,这里洋溢着运动场里绝不可能有的悠闲气氛。他穿着芥末色夹克衫和黑色长裤,将一只手的肘部支在宽大的吧台上,晃动着玻璃酒杯。住田这副模样,比在球场里显得成熟了许多。

但是,当他与达郎目光相对时,唇边立刻泛出平时的怯懦笑容,从凳子上下来了。

达郎犹豫到最后,终于在全明星赛最高潮的时候向住田打了招呼。住田什么也没问便答应了他的邀请。约会的场所是住田定的。那是西麻布的一家幽静的酒吧。

达郎在他旁边坐下,要了一杯加冰块的波旁威士忌酒。

"这酒吧和你很相配啊。"达郎侧目望着住田说道。

"这里的老板是我在纽约时的朋友。"

"千香子也常来这里?"

"住在一起时来过两次吧。"住田说着又要了一杯酒。

"今天晚上我们见面，你告诉千香子了吗？"

"我猜想你多半是对我谈她的事，所以什么也没有说。"

酒送来放在住田面前，但他没有喝。

"不好听的话你就不要说了。她的难听话，我是尽量不听的。"

达郎犹豫再三才约住田喝酒，因为他既想假装若无其事地从住田那里打听千香子的受伤情况和精神状态，又觉得自己这种做法显得很怯弱。但是，他无论如何都想知道只有丈夫才知道的千香子的心理动向。

"上次，和名村公一郎见面了。"达郎心不在焉地说道。

"看样子不像是愉快的话题，就听你说说吧。"

"两人好像已经分手了。"

"你怎么知道的？"

"不知怎么感觉到的。"

"怎么说呢？他们很有可能比你技高一筹啊。"住田嘀咕道。

达郎转过脸去，怅然地抚摸着下颚。住田对他没有产生任何怀疑，这无疑是好事。但是，一想到住田是因为认定他与千香子没有缘分才把妻子的事托给他，达郎便觉得自己受到了住田的蔑视而颇感不快。

"千香子在家里经常弹琴吗？"

住田惊讶地望着达郎，"当然啊，因为她是钢琴家呀。"

"请你坦率地告诉我，住田，你认为夫人何时能够重回舞台?"

"你为什么在意这种事?"

"因为我偶尔看见她在服用镇静剂和安眠药。"

"镇静剂?是千香子这么说的?"

"嗯。"

"她的确是在服用安眠药,还在服用抗焦虑药和抗忧郁药,不是镇静剂啊。"

"那么,你是说她患了忧郁症……"

"听药名,觉得像是重症病人吧。不过药效不是很强烈。再说如果病情很重,就没有精力去找年轻情人了。"住田望着达郎笑了笑。

住田说的年轻情人显然是指名村,但达郎心里一阵慌乱。

"不过,已经好转很多了呀。尤其是让你跟她学弹琴以后,服用的药量减少了。以前去医院是两星期一次,现在是一个月一次了。"

"什么时候开始去看病的?"

"已经有两年了吧?"

达郎颇感意外,"不是车祸以后吗?"

住田无力地摇了摇头。

"她为什么要去医院?"

"我也不太清楚。不过有一点可以肯定,她自己觉得作为钢琴家已经走到了尽头。"

达郎喝光了酒杯里的酒,"请你不要有顾虑,如实告诉我,她遭遇的是什么样的车祸?"

"荒矢，你是觉得千香子想自杀吧？"

"没有这种可能性吗？"

"那次肯定是车祸。在甲府举行音乐会以后，她坐出租车回东京。车祸是在甲府市内发生的。在反向车道上行驶的卡车撞上了她坐的出租车。出租车司机当场死亡，她奇迹般地保住了一条命。有那样自杀吗？"

"我能体会她有作为钢琴家的烦恼，但就没有其他的原因了？"达郎说到这里停顿了一下，重又注视着住田，"比如，你的外遇……"

住田的面颊顿时变得僵硬了："谁把那种事……是千香子说的？"

"你交往的女人既然是在球队国际部工作的，队里总会有人知道的呀。"达郎煞有介事地糊弄道。

"早就分手了。我和那女人交往，是在知道千香子和名村有关系以后。说起来很难为情，我爱千香子，我只有她了。"

"添酒！"达郎像要逃避这沉闷的气氛，对酒吧侍者举了举酒杯。

即使在力挽狂澜的紧要关头站在投手板上，达郎也几乎从来没有过心惊肉跳的感觉，但此刻，他的心脏在强烈地敲打着胸膛。

住田将脸对着正前方喃喃自语道："假如你的推测没错，千香子和名村已经分手的话……"

住田的片刻的停顿，压迫着达郎的心脏。

住田将目光返回到达郎这边，"假如真是这样的话，你跟着她学弹琴还是有效果的。"

"我什么也……"达郎的脖子里渗出了汗水。

"千香子是在同样的演奏家中寻找能理解自己的人,不,讲得难听点儿,是在寻找能宠爱她、给她安慰的人。名村比她年轻,对她也许正合适。不过,这种关系不可能持久。你说的也许很对,千香子对名村已经没有兴趣了……"住田说到这里,慢慢地把酒杯里的酒喝光了。

达郎感到住田变得有些可怕。他甚至后悔请住田喝酒了。可是,听了住田的话,达郎感觉自己离千香子的心病又靠近了一小步。想到这些,他的心情真可谓五味杂陈。

住田将喝空了的玻璃酒杯拿在手上玩弄着。达郎偷偷地窥视着他的侧脸,希望自己心里的忧虑是多余的。

"怎么了?"住田的嘴角微微浮现出笑意。

"没什么……我只是在想,千香子真的很神经质啊。"

"她的不稳定心理好像是从年轻时就有的,她就是这种气质的女人啊。在巴黎读音乐大学时,好像也得过轻度的神经官能症。无论何时何地她都要做得最好,事情不顺利就闷闷不乐。实在是个难应付的女人啊。"

达郎默默地将酒杯送到嘴边。

"荒矢,我真的很感谢你。因为你和自己伤痛作斗争的精神给了她很好的影响。"住田突然改变了语气说道。

达郎突然觉得他那清纯的笑容背后潜伏着阴暗的光。

"与家里人的劝说相比,有时候还是可靠的外人说的话更有说服力。以后千香子的事还要请你多费心啊。"住田一个劲地说着好话。

达郎无以答对，只有点头的份儿。

* * *

从面向隅田川的阳台上向步行街望去，远处站着一个身穿鲜艳的浅蓝色夏季套衫配宽松长裤的男子。他的便帽压得很低，几乎遮住了眼睛，所以看不清他的脸。

可从无绳电话听筒里传来的声音，的确很像名村公一郎。

名村看见达郎站在阳台上的身影，便取下了便帽。达郎想起他们在叶山的酒会上交换过名片。

精心培养出来的艺术家，是无法用世俗标准来衡量的，达郎无法理解名村的举动。

他来这干什么？达郎有些不悦。名村想和他见面，而达郎找不到拒绝他的理由。达郎离开公寓，朝步行街疾步走去。

小区里种植的海棠树火一般深红，酷暑蒸人，只走几米便会渗出汗来。看来即使到了黄昏，河面掠过的晚风也不会送来凉意。

达郎走下通往步行街的石阶，朝眺望着隅田川的名村走去。

一认出达郎，名村便鞠了一躬。

爱理不理地对待千香子拒绝的年少男子是很丢人的。达郎悠然地笑道："上次很感谢你。"

"一起坐一会儿吧？"名村指了指长凳。

"有什么事吗？"

"时间不多。"名村说着朝长凳走了过去。

他沉着得简直让达郎感到生气。达郎还是第一次与这种二十六岁的青年接触。他看上去非常老成，但与农村年轻人的老成截然不同。达郎莫名其妙地被感动了。

达郎跟着名村也在长凳上坐下。

"我到附近来办事，顺便想见你一下。"名村望着河面开口说道。

"这附近你有熟人？"

"我在伦敦认识的一个研究日本史的英国专家就住在南千住那儿。外国人里也有人愿意住在平民区的。"

达郎默默将目光从名村身上移开。正前方工厂的烟囱里没有冒烟。

"千香子终于承认和你的事了。"

说话的声音如此明快，达郎感到很诧异。

"那又怎么样？"达郎望着远处的烟囱，冷冷地问。

"我想亲自来确认一下，您是不是真心的。"

达郎笑了笑，"你像是千香子的贴身保镖啊。"

名村的脸顿时绷紧了，但转瞬之间便克制了自己的情绪，"我原来觉得不可能，但现在见到你我才知道千香子说的话是真的。"

"千香子说什么了？"

"不是逢场作戏。她是这么说的。"

达朗觉得与名村周旋毫无意义，心里也丝毫没有什么同情之感，就连看着那张不舍旧情的脸都感到厌恶。他正想站起身来回家，却猛然记起酒会上自己本想问他的事。达郎奇怪刚才怎么一直没有想起来，也许是名村的举动使他猝不及防而失去了冷静吧。

"上次在酒会上说起的事，你还记得吗？"

"什么事？"名村伶俐的目光盯视着达郎。

"千香子重回舞台的事啊。我还是想问那句话，你认为她什么时候能够重回舞台？"

"哦，是这件事啊？我觉得她的伤已经完全好了。"

"你的意思是说，已经不会妨碍日常生活了吧？"

名村摇了摇头："我认为，即使感觉还有些不习惯，但不可能弹不出以前那样的水平。千香子说得太夸张了，我向当医生的朋友谈起过她的伤，据医生说，她的伤好像并不是多么大不了的事。"

"那么，她不能弹琴，还是精神性的……"

名村望着远处，目光变得深邃，"她这个人就像是一根琴弦，虽然很强韧，但一旦断了就无法复原。她这根琴弦即使在疲惫得受了损耗时还继续紧绷着，但那起车祸令她不得不将琴弦放松了。她曾经说过：'住院时，自己有一半是心急如火，另一半却感到非常庆幸。'车祸是让她把原本绷紧着的那根弦放松了，但开始康复训练以后，她又不得不重新把琴弦绷紧到原来的状态。可是，康复训练进展不顺利，但又回不到松弛的状态。我想，这种悬在半空中的不上不下状态，是她最感烦恼的。"

达郎听着这个比他小六岁的年轻人的话，心里充满了敬佩。

与住田相比，与自己相比，还是名村更深地了解千香子。一种以前从未感觉到的嫉妒，在他的内心里渐渐地涌了上来。

"荒矢君，你有与我不同的看法？"名村问。

"没有。我只是在想，怎么做才能让千香子恢复自信。"

"谁知道呢。不过，和我交往似乎对她不太好。"

"为什么？"

名村耐人寻味地微笑着，"她和我不能友好相处，简单地说是因为嫉妒我。我和她交往时，心里也有着只有演奏家才有的烦恼。但自从我在某次比赛中获胜以后，这种烦恼就一扫而光了。我的状态一改善，她的情绪就会明显低落。我理解她的心情。她无法忍受让自己这个丧失了自信的人目送情人满面生辉地迈向音乐厅。跟我别扭了一段时间以后，她突然恢复了平静，提出想要分手。看来主要原因是因为开始和你交往，她在和你的交往中获得了身心的平静。"

"是吗？"达郎不快地低声说道。在名村眼里，自己好像变成了一座单纯的"断缘寺"①，这令他感到很不爽。

"钢琴和小提琴虽有不同，但在音乐会和赛场上崭露头角的心理状态是一样的。然而棒球呢，从她和我生活着的地方望去，那是另一个世界。对她来说，和你交往就像是去国外旅行。去陌生的国家游览后回来是快乐的。对你来说，千香子的世界恐怕也是耳目一新兴趣盎然吧。"

达郎侧目斜视着名村那张少年老成的脸，无奈地笑了，

---

① 日本近世希望离婚的妇女的修行寺院。

"也有外国人骨埋异乡的啊。"

"说得也是啊。"名村轻轻耸了耸肩膀。

"让她精神不安定的原因,还是在友部美智子这位钢琴家身上吧?"

"我认为是的。友部美智子这个人非常有趣,在演奏会上没有留下好成绩,人气却很旺。"

"你是说,实力不足人气先行吗?"

名村摇了摇头,"在演奏会上尝尽苦头,是因为她对曲子的理解太大胆。不过,她的技巧是超群的,作为日本钢琴家,她的演奏有着令人吃惊的震撼力,称得上史无前例的演奏家。大约两年前,这个一文不名的钢琴家受到德国某位权威演奏家的赞赏。最初是在欧洲出名,以后便在日本红起来。友部小姐心安理得地无视写在乐谱上的记号,节奏也按自己的情绪来决定,这样便能酿造出一种无与伦比的独特气氛。在日本演奏家中,大多数人只求尽量照本宣科地准确弹奏。但是她不同,即使受到批语家的批评指责,她也无动于衷。与她相比,千香子的钢琴演奏首先是忠实于乐谱,尽量体现作曲家的意图,然后才力图使它成为有自己风格的曲目。千香子的钢琴演奏是建筑在深刻理解的基础上的呀!这与友部那种可以称之为独创的演奏方式是截然不同的。千香子以为自己是输给了友部演奏时的雄浑气势吧。其实她的演奏风格是独特而纤细,所以弹不出友部那样雄浑的声色。我可以大致对你这么说吧,千香子钢琴演奏最大的长处在于优美的音色,而友部的优点在于它的音乐性。"

"千香子并不想要模仿友部美智子吧。"

"当然不是。不能说千香子不如友部美智子。不过,我觉得,千香子已经认识到墨守成规的演奏了无新意,她试图精益求精,更上层楼,这才是招致精神烦恼的最大原因。而正当她受这种烦恼的折磨时,恰巧遭遇了那起车祸。"

"她牛角尖钻到如此程度,我认为有她母亲的影响。"

名村停顿了片刻,轻轻点了点头,"她母亲好像把所有的一切都寄托在独生女儿千香子的身上。千香子潜意识里想要摆脱母亲,但无法摆脱。她觉得逃避母亲是可怕的。得不到母亲的认可,她就不上舞台,不,是上不了舞台吧。"

"幸好你来找我,让我知道了很多。谢谢你的直言相告。"

名村用清纯的目光望着达郎。他的唇角的笑意不像成年人的笑容,是看不起人的轻狂少年的笑容。

"我来见荒矢先生,是因为我非常想知道千香子在什么样的国家里旅行,正在遇到什么样的风险。"名村的呼吸急促起来,散发着一股不详的气息,"只要是在旅行,早晚会回到已经住惯了的国家里。我相信是这样的,请你转告千香子。"

名村慢慢地站起身,这番话可以理解为他下的"战书"。

名村转身走了,达郎走近河边,望着名村远去的背影。

被一个女人甩了的男人来和她现在交往的男人见面。这种事按常理是无法想象的。那种从常识的束缚中摆脱出来的激进思维,或许也表现在他那倾倒听众的小提琴音色里。这样的男人,达郎以前从来没有接触过。一想到千香子和这种男人曾有过很深的关系,达郎便不由得感到千香子其实离自己相当遥远。

千香子是在我的心灵和肉体里冒险的游客？热风抚摸着达郎的面颊，他恍恍惚惚地望着河面。

京成轻轨驶过隅田川，惊飞了海鸟。

那天晚上，荒川举行焰火大会，东侧的阳台成了特等观众席。达郎和千香子再加上民子，三个人一边吃着民子准备的什锦寿司和干炸鸡，一边观赏着在夜空中盛开的焰火。

"好啊！"受到民子的刺激，千香子也大声地叫喊起来。

千香子率真地为火花而欣喜若狂，无忧无虑的笑容绽开在酒后微微泛红的面颊上，她跟着民子齐声叫喊，就像少女模仿母亲一样。

这天晚上，关于名村来过的事，达郎说不出口。

* * *

达郎的康复训练很顺利，虽然进度比较慢，但已经能将大力快球收在接球手套里了。

称心的不仅仅只是达郎，京浜海豚队也很顺当，在明星选手赛之后的比赛中获得四连胜，超出第二位神宫森林队两个积分，再次坐上首位的宝座。河田在所有的比赛中都得到起用，控制危机，切切实实地积下了救援投手的得分。

七月二十七日，达郎第一次投了三十个球。如果能按照自己的意图投好这三十个球，实际上就意味着康复训练结束。球速已经渐渐恢复，以后的训练就只是练习各种变化球了。

佐古田的脸上开始出现了真正能称之为自信的神情。教练愉快的表情也给达郎的身体带来了勃勃生气。

但是,烦躁情绪并未完全消除。如若康复训练完全结束,就无法寻找任何托辞,不能再用受伤作为借口。面对虎视眈眈的击球手,在投出拿手好球将其击败之前,一点儿不能松劲。

从叶山回来以后,即使不是上钢琴课的日子,达郎也开始和千香子炽烈地造爱了。

达郎努力不去触及千香子的烦恼。他强烈地希望和千香子认真交谈一次,却觉得难以启齿。问题不是单靠几句话就可以解决的,如果不能让千香子振作起来,谈了也是白谈。达郎始终找不到能与她沟通的方法,时间就这么白白地溜走了。

"为什么不告诉我?"进入八月后的一天,千香子一走进琴房,就怒气冲天地问道。

是名村打电话把见到达郎的事告诉了千香子。

达郎撒谎说没有找到机会,其实机会随时都有,有几次他眼看就要说出来了。但是达郎不愿意提起名村的名字,一想起那天自己被他的气势压倒,心中就会无名火起。而且,要消除千香子的烦恼,最好还是不要把从名村那里获得信息的事告诉她。

"他全都告诉我了呀!"

"既然那样,我就不用说了。"

"他的分析一点儿都不准确。"

"这是怎么说呢?"

"你是不相信我!"千香子气势汹汹地说道。

千香子一副吵架的架势,达郎心想这时候即使和她说也是徒劳，便改变了话题。

"那家伙是个怪人啊，又怪又啰唆。欧洲长大的人全都是那副德性吧？"

"你说的那副德性是什么……"

"被女人甩掉的男人来见对方新的男人，这不是反常吗？"

千香子冷笑道："我以前就说过，他很幼稚。"

"你以后还是少跟这种小孩子打交道。"

"没办法啊，是他打电话过来的。"

达郎把背对着千香子，开始在琴键上弹奏《多瑙河之波》。疙疙瘩瘩的华尔兹舞曲从他手下响起，让人觉得是在支着拐杖跳舞。

她将手放在达郎的肩膀上，喉咙深处漏出了轻轻的笑声。

"你笑什么？"达郎停下手指，抬头望着千香子。

"没笑什么。来，开始练琴吧。"

一个小节都没有弹完，千香子就摆出一副钢琴老师的面孔，阻止他说："不行，再来一遍。"

达郎认真苦练了足足三天，自然比上星期有了显著的进步。然而，千香子没有表扬他。

"节奏太慢，再快一点儿，"千香子站着将低音谱号的部分弹给达郎看，"即使这种老掉牙的简单曲子，也是有灵魂的呀，但你弹出来的音是死的。弹错的地方不多，但你的心没有放进去。"

"你说的意思我一点儿都听不懂。好歹也猛练了三天，你应该表扬我一下嘛。"

キュウアイ

"对不起，我不擅长表扬。当钢琴老师肯定是不够格的吧。"

"我也觉得不够格。"

达郎离开钢琴走到屋子中央，用力地挥动着双臂想要放松身体。他在做投球动作时，千香子弹起了《多瑙河之波》。音质极为优美，简直难以相信是用同一架钢琴弹出来的。

"左手弹得慢了！要说多少遍你才能明白？"达郎站到千香子边上，学着她的语气说道。

千香子忍俊不禁，"我觉得我说得还要温和一些。"

"那只是你自己的感觉啊。"达郎把双臂搭在她的肩上。

千香子的手指离开琴键，左手抚摸着达郎的手臂，"我问你……你的康复训练，什么时候结束？"

"按照预定，九月上旬去美国接受检查。如果以后不用再检查，医生吩咐的康复训练就结束了。不过不可能马上就参加比赛，因为比赛时的感觉已经迟钝多了。"

"什么时候可以参加比赛？"

"佐古田想让我下个赛季上场，但我想这个赛季上场投一下试试，哪怕是最后一场比赛也没关系。"

"你根本不用那么着急嘛。"

"以前也跟你说过，我和领队关系不融洽，这个赛季结束也许会让我转队，如果没有球队要我就糟了。所以在赛季结束之前，即使还不能完全归队，我也想让大家看到我的实力已经恢复得相当好了。不过，这是孤注一掷，非常有可能结局很悲惨。"

"我看你没问题。"千香子说得有气无力,听得出是言不由衷。

她大概又联想到自己了吧。一想到这里,达郎便无话可说了。

千香子像是要重新振作起来似的,又开始弹起了《水之嬉戏》。达郎站在窗边,入神地听着她演奏。

音色还是那样美妙,那样沁人心脾,但弹到感觉水喷涌上来的部分,千香子突然停了下来。她稍稍返回到乐谱的前面部分,把一段旋律又弹了一遍。就这样连续重弹了三遍,她才轻轻吐了口气。

"达郎,出去兜兜风吧?去哪里都行,我想飚车。"

千香子灿烂的表情俨然一个女大学生,达郎的兴致也不觉高涨起来。他兴冲冲地走出琴房,把兜风的事告诉了厨房里的民子。

"吃饭怎么办啊?千香子的饭我也做了。"

"回来再吃。"

"那我得放在冰箱里啦。"民子脸上似乎有些不悦。

民子对千香子的态度依然像以前那样客气,但见两人的幽会比以前还频繁,她似乎更加意识到了潜在的危机。

民子颇感担忧,但达郎将笑容留给民子,和千香子一起离开了家。

到了日光街道,他们姑且先朝上野方向驶去。

"我们到哪里去？去彩虹桥①那边看看？"

"那还不如去关越来劲呢。"

"关越？"

"我想去上田看看啊。行吗？"

"去我的老家干什么？"

"你不愿意？"

"不是不愿意……"

"刚才弹《水之嬉戏》的时候，我想起了你说的父亲的故事，所以突然想去你老家看看了。"

上越公路延伸段开通之后，东京到上田近了很多。达郎看了看时间。八点过后大概能到上田。

他朝着练马的方向加快了车速。

"那地方没什么好看的啊。"

"没关系。反正是开车兜风，那是你长大的地方，无论什么样的景色，我都感兴趣啊。"

四十来分钟便开到了练马匝道口。关越高速公路比想象的空得多，照这样的速度，也许八点之前就能到达。达郎一边咀嚼着便利店里买来的三明治，一边飞快地开着汽车。

"那次车祸以后，我还是第一次走高速公路。"

"要不要慢一点儿？"

"再快些！还是开快些心情爽快。"

达郎猛踩油门，毫不费力地超越了长途货车。从后望镜上

---

① 指东京芝浦—品川台场全长七百九十八米的桥。

可以看到,那辆货车的黑影正在越来越远。

"我们,以后会怎么样?"千香子脱口说出这样的话来,快活得令人吃惊。

"如果我能回到投手板上,你能重返舞台,会怎么样还不是明摆着的?"

"你和我,如果都不能东山再起呢?"

"我是不去那么想。"

"那如果只有一个人东山再起,另一个人却一败涂地,你觉得会怎么样?"

达郎无以答对,只能说道:"那样的话,你和住田离婚,和我在一起过。"

千香子咯咯地笑了,达郎也微笑起来,瞬间的幸福感笼罩着他。

开到一个和缓的右拐弯道时,他们超越了一辆吉普车。

"到上田后去见见你母亲?"千香子郑重地问道,笑容从她脸上消失了。

"去上田可以,但要见我母亲,好像不太方便吧。"

"你们关系不太好?"

"不,是因为见到母亲也没什么话可说啊。"

千香子沉默了好一会儿,这沉默,是一种忧虑。

"达郎,你真心希望我和住田分手?"

这突如其来的问题让达郎语塞了。他吸了口气,"不知道。在踏上投手板之前,生活上的事什么都没法考虑啊。你怎么样?有信心能和我一起过得好吗?"

"一点儿也没有啊。"

"是啊。我能理解。以舞台为职业的人大概照顾不好棒球选手吧。"说到这里,达郎忽然想起了什么,"你怎么一下子担心起我们的将来了?住田发现我们的事了?"

"看那样子不像是发现了,可是他回家早多了。"

"今天晚上没有比赛啊。"达郎自言自语道。

"他说过要早回家的呀!不过,用不着管他。他绝对还没感觉到。"

望着千香子的表情,达郎松了口气。

"还是接着谈刚才的话题吧,如果我退出舞台怎么办?"

"退出舞台?你不可能那样做。"

"当然可能啦。"千香子自言自语似的说道。

"棒球选手无论多了不起也会有退役的时候。但钢琴家年龄再大也还是钢琴家吧。我因为前妻已经吃足了苦头,她自己说想退出舞台,我们才结的婚,可结果她还是舍不得离开演艺界。"

"我有时真想激流勇退啊。"

"即使退下来,也当不了棒球选手的妻子啊。"

千香子笑得肩膀轻轻地晃动起来。

"你笑什么?"

"你肯定能够风光地重返球场。我本以为自己说得心事重重,你会表示不管发生什么事都要和我在一起,结果完全不是那么回事。我放心了,你的东山再起只是时间上的问题。"

焦灼突然袭扰了达郎的心绪,"你只关心自己一个人,以为世界上最不幸的就是你自己。其实我只不过是尽量不对你发牢骚罢了。"

"以为女人只喜欢强悍的男人,这是一个很大的误解……我说过,我喜欢听你的泄气话。我甚至希望你对我哭哭啼啼,哪怕就一次也行。"

"如果是住田,也许会那么做,但我是做不到的。"达郎低声说道。

"住田也从来没有哭着求过我啊。"

"那不就说明你没有让男人哭着求你的才能吗?"

千香子缄然把目光投向车窗外。

车厢内只有发动机的声音低低地响着。

对与千香子两人的将来,达郎缺乏现实感。他的头脑里实在无法描绘出两人成功复出后一个走向球场、另一个走向音乐厅的日常生活是什么样的。倘若勉强想象两人一起生活的情景,那大概只是他们都遭受挫折的时候。他的脑海里掠过两人在地窖般黑暗的地方懒散度日的场面,那只能是一副悲惨的景象。

汽车不久驶入了上信越公路。穿过若干个隧洞,经过轻井泽,果然汽车驶进上田市区时八点还不到。

围着上田城遗迹四周绕了一圈,又沿着千曲川驶去。

上次回上田是多少年以前的事了。记得那是和晶代结婚之前,但要正确地说出是几年之前,已经记不清了。

要论人口,上田市在长野县内是第三大城市,但街道冷清,商店街上几乎看不见行人。

"可以到别所温泉那边去一趟,但晚上看不清景色,而且……"

"你说过的那个澡堂还在吗?"

"那不是在上田,是在我住过的佐久。"

"那么去佐久看看?然后可以再回到上田来嘛。"

达郎无可奈何地笑着点点头。

大概是高速公路开通的缘故,这里又多出来不少达郎陌生的道路。从东京搬来时的住处已经被停车场取代,但令人怀念的烟囱还健在。

"就是那个烟囱,还是以前那个样子。"达郎感慨道。

"和荒川公寓里看见的烟囱很像啊。"

"烟囱这种东西,无论哪里不都是这个样子吗?"

达郎笑了起来,千香子甜滋滋地将身体靠在达郎身上。

回到上田,已经过了十一点。千香子缠着达郎到舅舅家去了一趟,舅舅家在市中心,达郎去东京前就住在那里。

"妈妈把我带大的家,是在下一个路口往左拐的地方。"

"不去看看?"

"这么晚了,事先也没打过电话,去的话会让人大吃一惊,还以为出了什么事呢。"

汽车在舅舅家门前缓缓驶过。真不愧是搞园艺的,自家的院子给人一种大户人家的感觉。

"我饿了,光靠三明治也扛不住啊。找个地方吃完饭再回东京吧。"

"你母亲不是在开小酒店吗?可以到那里吃点什么再回

去呀!"

达郎瞪大了眼睛:"你那么想见我的母亲?"

"有兴趣,你不觉得是应该的?"

"突然带着一个女人回来,母亲会怎么想,你能想象得到吧。"

"我是你的钢琴老师啊。这么说就行了嘛。哎,让我见见呀。"

千香子显得兴趣十足,达郎只好在下一个路口左拐以后,把汽车停靠在路边。母亲聪子经营的小酒店离舅舅家只有几百米远。

上田虽说在车站附近有条娱乐街,但大多数娱乐业店铺集中在这个邻接住宅街的地区。

两层楼的水泥建筑里开着好几家小酒店,一走近楼房,就听得到喧闹的卡拉OK声。

聪子的小酒店"街角"在二楼的里面。

一推开店门,首先看到的是聪子的背影。她正探出身子,要与L型吧台最边上的客人碰杯。

店内深处的小舞台上,一名男子唱着演歌。他唱得突然像是走了神,看样子这名客人比聪子更早发现达郎走进门来。

"欢迎光临。"聪子边说边回过头来,突然张大嘴巴对着儿子愣愣地注视了好一会儿。

其他的客人也都饶有兴趣地望着达郎。

"你怎么了?现在这个时候……"聪子一瞬间忘记了笑,只问了一句便缄口了。

靠近门口的车厢座还空着。

"坐在那里行吗?"

聪子没有看儿子,而是怔怔地望着千香子点了点头。

"惠子,帮我照管一下柜台。"她朝正在一个车厢座里陪客人的女招待说了一声,便从吧台里走出来。

"出了什么事?"

"什么事也没出啊。这位是我的钢琴老师住田千香子。"

千香子鞠了一躬。聪子表面上和蔼地对她应酬着,但脸上依然没有消去惊讶的神色。

达郎简单向母亲说了为恢复末梢神经学弹琴的事,告诉她是千香子丈夫劝自己学的。

聪子"哎?"了一声,便抿着嘴不置可否地微笑起来。

"我们肚子饿了,帮我做一点吧?吃什么都可以。"

"有合你口味的东西吗?"聪子取过放在吧台一端的菜单,"喝什么酒?"

"我要开车,不喝了。千香子小姐喝吧?"

"那就冒昧了,"千香子朝酒架打量着,"有葡萄酒吗?"

"有,不过没有特别……"

"没关系,请给我红葡萄酒。"

达郎从菜单里的小吃中要了炒面和蛋饼包饭。

酒摆好以后,达郎要的姜汁汽水送来了。聪子对千香子说了句"请慢用",便去照应其他客人了。

"和你成长的环境大不相同,挺吃惊吧?"

"没什么吃惊啊,"千香子把酒杯端到嘴边,一边打量着店内,"没有挂你的照片啊。名人的家人不是都打着名人的牌子做这种买卖吗?"

"我母亲很固执,是个自尊心很强的人。拿我的名字作宣传,她觉得是沽名钓誉。"

达郎当上职业球员、收入也大幅增加时,曾劝过母亲不要开店,但遭到母亲极其冷淡的拒绝。聪子喜欢站在店里,她坚信在男人面前,能激活细胞,让人变得年轻。

刚来上田时,附近的人肯定都曾夸她是个美人,达郎小时候也曾在心里为母亲的美丽感到骄傲。

可是,随着年岁的增长,皮肤在渐渐地衰老。她越是拼命想要掩饰,化妆和服饰就越变得花哨。呼吸过城市的气息以后,她曾经觉得自己已经脱俗,但不知何时沾上了当地的土气,她又变成了一个乡里乡气的中年妇女。

然而,要在当地做生意,这样反而使她生意兴隆。随着腹部变胖、下巴的肉变松,自我意识的棱角也不断地磨得圆滑,而小酒店就是在这以后兴旺起来的。

"你母亲现在还住在舅舅那里?"

"不,现在住在离这里不远的地方。那房子是我给他造的,房子太大,打扫太累,还埋怨我呢。"

"好母亲啊。"千香子由衷地微笑着说道。

"好什么呀!"达郎一笑了之。

千香子一边喝酒一边听着达郎回忆往事,很快就喝完了杯里的酒。

"我不能喝酒,你不要在我面前喝得那么快啊。"

"不好吗?回家时能让我在汽车里好好睡一觉嘛。"

一名客人走过来要求达郎签名。达郎爽快地答应了。于是就像决了堤一样,其他客人也拥向达郎这里。达郎听着激励的话语,手中飞快地签着字。

有两名客人结伴在吧台边喝酒的,其中一人已经喝得烂醉,"喂,《喜欢你,东京》真的是一首好曲子呀!"

"从刚才起这句话你唠叨多少遍啦?"聪子朝后躲了躲。

"混蛋!我没说过这句话。对吧?"醉汉向同伴求证。

"该回家了吧。"结伴的年轻男子拍拍醉汉的肩膀。

"不是天刚黑吗?喂,老板娘,《喜欢你,东京》,真的是一首好曲子啊。"

达郎窥视了一下千香子的神情,千香子像是在听相声,正兴趣盎然地听着醉汉说话。

"野吕,回家啊!"那同伴好像发火了。

"对不起,我,今天,喝醉了。好,再去一家酒店吧。这家店里没有女人啊。"

"呀!对不起。"聪子用献媚似的口气说道。

"你已经老了。"

"不是有阿惠吗?"

"阿惠怎么行?我跟阿惠的老公从小就认识。我认识她老公,怎么能沾她呢?不能沾手的女人就不是女人,对吧?"

千香子注视着达郎,脸上露出淡淡的笑,但那好像不是出自内心的笑。

醉汉站起身来。同伴在结账时,醉汉摇晃着朝达郎走来。

"达郎，快点儿上场投球啊。你是我们上田的骄傲。"

"野吕，你别添麻烦啦！"同伴赶紧说道。

"对不起，你是达郎的恋人？"

"不是啊！"聪子插嘴道，"是达郎的钢琴老师呀！"

"钢琴吗？我的二儿媳也在一个叫坂城的地方教小孩子学钢琴。可是啊，让她弹《喜欢你，东京》，弹得太臭了。那你们什么时候结婚？对棒球选手来说，老婆是大事，所以全靠你了呀！因为达郎是上田的骄傲，是信州出生的英雄。"

同伴一个劲地道歉着，连抱带推将醉汉弄到了店外。

聪子也向千香子道歉，千香子摇了摇头，微微泛红的面颊上泛着柔和的笑容。

快到零点时，聪子说要关门赶走了客人，女招待也回家了，店里只剩下三个人。

"我们也该回去了，明天还要做康复训练。"

"我不留你们了。不过，你们来不会是有什么话要说吗？"

"没什么要说啊。只是因为上了上越公路，就顺便来这里了。"

聪子开了一瓶啤酒，为自己斟满后一口气喝光，朝着千香子笑着，"达郎的钢琴才能怎么样？"

"感觉非常好啊。"

聪子像是看着很远的地方，"这孩子的父亲也是弹钢琴的，是有遗传吧？"

"我听说了。他还说小时候是听着《水之嬉戏》长大的呢。"

"《水之嬉戏》？"聪子露出惊讶的表情。

"喏，就是父亲常弹的那首古典音乐啊。"

"噢，是那首曲子啊。我对古典音乐一窍不通，迷上那个现在已离婚的丈夫，是他弹流行歌曲的时候。对了，那首曲子是叫《水之嬉戏》吗？在这店里每天尽是听演歌，听着听着，就把那时的事情全忘了。"

达郎把千香子的经历和遭遇车祸正在康复中的事告诉了聪子。

"你那么了不起的人竟然会教我这么野的儿子啊。"

"和不同行的人交往，可以调节情绪嘛。"

"命运真是不可思议。我儿子竟然也遇上了钢琴家。"聪子微笑着，但她的眼睛深处却没有笑意。

到了就要离开小酒店的时候，千香子去了一趟洗手间。

只剩下和母亲两个人，达郎不知说什么好了。

"你，难道和她……"

"胡说。"达郎不敢正眼看着母亲。

"就是对别人的妻子，该迷上时还是会迷上的。"聪子叹息道。

"让你想起了父亲，不高兴了吧。"

聪子没有回答他，只是笑了笑，"是《水之嬉戏》吗？你父亲当年说得很好，说我和他是硬水和软水的碰撞，虽然同样是水，但也没法相容。他就是这么说的。"

"妈妈，刚才你是装糊涂，其实你还记得《水之嬉戏》这首曲名吧。"

"是忘了呀！只是跟你说着说着才想起来的。"聪子自言自语似的说道。

千香子从洗手间里出来了。

聪子脸上的阴霾立刻消散了,她堆出生意场上的笑脸对千香子说道:"欢迎再来啊。"

千香子想要付钱,但聪子无论如何不收。

"千香子小姐,你好像醉得不轻啊。达郎,你要好好地把她送到家。"

聪子从楼梯拐弯的平台上目送着两人离去。

等到看不见聪子的身影后,千香子搀住了达郎的手臂。

"我妈妈说得没错,你已经很醉了。"

"是吗?我没觉得有那么醉啊。"

她的话听上去无力,丝毫没有反驳达郎的意思。

一开动汽车,达郎便劝她说:"你睡一会儿吧。"

"那我就睡一会儿啦。"

千香子靠着窗框闭上了眼睛。

达郎握着方向盘,时不时偷窥一眼千香子的睡脸。千香子的眉宇间微微蹙出了皱纹,达郎心想她已经累了,这么睡着也许会做噩梦的。他真想轻轻伸出手去,帮她抚平眉宇间的皱纹。

月亮悬挂在暗蓝色的天空。

千香子醒来时,汽车已过了碓冰、轻井泽的匝道口。

"刚才睡得很熟啊。现在到什么地方了?"

"刚过了轻井泽。再睡一会吧,不要担心。"

"已经够了,刚才睡得很舒服。"

好一会儿，谁也没有说话。

"我给你母亲留下的印象好像不太好吧。"千香子嘀咕道。

"没那回事。她只是看出了我们的关系，又很在意你是有夫之妇，在为我担心呢。不过，你到那儿去到底有什么目的？"

"目的？"

"是啊。再怎么说高速公路延伸段开通，上田离东京近了，在这个时间里提出要去上田的人，真难让人相信没有什么目的啊。"

"我只是想知道更多有关你的事呀。我与人接触从来没有过今天那种感觉，所以觉得新鲜极了，心里真的很快乐。"

达郎怎么也想说说一直挂在心里的那件事。

"千香子。"

"什么？"

"你真的想像以前那样弹琴？"

倒在椅子上的千香子像被弹起来似的坐直身子，"你这是什么意思？"

"我总觉得你像是想要从钢琴里逃出来似的。"

"用不着你教训我！"

"我没想教训你啊。我在想，有的东西，如果想要逃避，不想看见它，那就避开不去看它好了。我希望你说实话，你的愿望是什么？"

"不是定下来了吗？希望能像以前那样演奏啊。"

"手指有异样感是真的吗？"

"我说对你说有，当然就有，认真地弹琴是很累人的呀。"

"你并不只是因为希望演奏得完美才有那种感觉的吧?"

"你说得太过分了吧。"千香子愤懑地轻声说道。

"千香子,你去心理诊所是什么时候?不是车祸以后吧。而且你服的药是镇静剂,对不对?"

"这话是谁说的?"

"谁说的不都一样吗?我相信名村说的话。"

千香子一直看着正前方,没有开口。

"友部美智子的气势使你失去了自信,手指受伤大概是不幸中的大幸吧?"

"停车!"

"这种地方怎么能停车?"

千香子突然把手伸向手刹。

"混蛋!!"达郎一甩左手把她推开了①。

仓促之间用力过猛,千香子脑袋侧面发出撞在窗框上的沉闷声音。达郎急忙问她要不要紧,但她没有回答。

迎面看到横川休息处的标示板,达郎小心留意着千香子的动静,将车驶了进去。

他把车泊在停车场的中央。周围只有几辆长途货车,休息室里没有人。远处自动售货机的灯隐隐约约地闪烁着。

千香子望着正前方一动不动,冷峻清澈的眼睛里流出了眼泪。

"对不起,是我说过头了。"

---

① 在日本,汽车的驾驶座都在右侧。

キュウアイ　179

"我口渴。"千香子打开了车门。

达郎也下车紧跟在她后面。千香子耸着肩膀,呆呆地站立在自动售货机前。

达郎从裤子口袋里取出零钱,"没零钱吧。你要什么?"

"茶就行了。"千香子没好气地答道。

达郎按了罐装煎茶的按钮,拉开罐头上的易拉盖递给了她。

看来千香子真的口渴了,她一口气喝光整罐煎茶,连唇角溢出来的茶水都顾不得擦。

千香子望达郎一眼,一副有话想说却忍在肚里的表情。她将空罐扔进垃圾箱,小跑着回到汽车里。达郎在驾驶座上一坐下,她便将座椅靠背放倒了。达郎不想马上就发动汽车,也将身体躺在放倒的座椅上。

云层开始吞噬月亮。

"千香子,你想和我结婚吗?"达郎望着月亮问道。

"这算是求婚?"

"我只想搞清楚你的想法。你是不是打算与住田离婚和我一起过,才想去我长大的地方看看的?"

"我什么也不知道。即使和你结婚,大概也过不了半年。"

"既然这样,那你为什么要去上田?"

"想看看我喜欢的人成长的地方,这有什么奇怪的?"

两人沉默了片刻。遮挡着月亮的云层又散去了,看得见虫子聚在水银灯光前嬉耍着。

"你知道我为什么觉得我们只能一起过半年?"千香子开

口道。

达郎没有回答。

"因为我的情敌是棒球，你的对头是钢琴。如果我就此偃旗息鼓又当别论，如若不是，那就不会很顺利。达郎，你想让我和住田离婚？你希望我放弃当钢琴家？"

达郎依然没有回答，随然他并不是不想说希望你放弃。

"你没法回答我？"

"如果你这么想真是出自内心就好了。但你三岁起就一直只和钢琴打交道，不可能说退就退吧。如果为我做出牺牲，你会在内心的某个角落里永远恨我。这样做不行，我在你重上舞台之前绝对不会和你分手。我要站在投手板上，你要坐在舞台上的钢琴前。来的路上我就说过，我们可以到那个时候再考虑以后的事。"

"我脑子里一片混乱，完全不知道怎么办了。"

达郎把千香子抱到身边，千香子的身体微微地颤抖着。

墨色的云层又遮住了月亮。

一切听其自然吧。达郎怀里紧紧依偎着千香子的身体，他从来没有感觉过那身体如此瘦弱。

* * *

在千香子的公寓附近把她放下车，再回到家里时，已经是凌晨三点多了。

刚才想喝酒也不能喝的达郎，倒了满满一杯科涅克白兰地，又开始放千香子的CD。

《水之嬉戏》的旋律响彻了客厅。就在快放完时，门铃响了。

也许是千香子。达郎跳起来跑到内线对讲机边。

一瞬间，他不敢相信自己的耳朵。对讲机里传来的，是住田的声音。

达郎担心住田会听到正在播放的音乐，他关了 CD，将盒子放进架子里，换了一张矢泽永吉的 CD。

玄关口的门铃又响了。达郎强作笑脸，打开房门，将住田引进屋内。

"怎么了？这么晚了还……"

住田凝视着达郎，嘴角带着一丝冷笑。他脸上有些泛红，看样子喝过酒了。

"请进。"达郎避开住田的目光，先朝屋里走去。

片刻，住田走进客厅。达郎一边提醒自己要冷静，一边请住田在沙发上坐下。

"喝什么？"

"不，我已经喝得很多了。"

达郎在住田的前面坐下。

"荒矢，你应该知道我为什么这么晚来拜访你吧。"

达郎伏下眼睑，静静地吐了口气。

"没想到你和千香子……我到现在还不敢相信。你喜欢的是矢泽永吉的摇滚乐，却和千香子……"住田絮絮叨叨地继续说道。

达郎垂着头没有开口。

"你问我千香子的病情时,我就忽然起了疑心。我再观察千香子动静时多了个心眼,疑窦就更深了。今天晚上我在家里,她却要去给你上课,到了半夜也没回家。凌晨一点左右吧,千香子专用的电话响了。我去接电话,对方什么也不说,但也没有马上挂断。直觉告诉我这个人可能是名村,我试着这么一问,对方果然是名村。他坦率地承认自己就是名村,因此我确信他和千香子真的已经分手了。我想和他交谈,约他在上次跟你去的酒吧见面,于是,一切自然真相大白了。我们是在守夜啊!因为我们两个人都喜欢的女人今天夜里等于死了。"

达郎闭上眼睛,好像看到了住田和名村坐在吧台旁对酌的情景,他们虽然各怀鬼胎,却竭力用文化人特有的委婉措辞掩饰着相互的嫉妒和反感。

"可是,千香子没有死,她作为我的妻子,每天都活得生龙活虎。"

达郎睁开了眼睛。既然确实背叛了住田,自己就应该道歉。然而,他无话可说。

"我一直很相信你啊,至少到上次在酒吧里见面之前吧。"

"什么都不用说了,我觉得很抱歉,你能听我解释吗?"

住田冷冷地笑了,"现在再听你解释干什么?你是想让我听听你和千香子的浪漫史吗?"

"你怎么……"达郎感到额头在出汗。

他觉得让住田揍自己一顿反而会很痛快。

"千香子是你的夫人,所以,我并不是没感到内疚。"

住田的眼角微微痉挛着,达郎的告白似乎激起了他心中嫉恨的风暴。

"我有言在先,我不会跟千香子离婚的。荒矢,你能在这里向我保证不再接近千香子吗?"

达郎定睛望着住田,摇了摇头。

住田冷笑了一声,"千香子并不像你想象的那么简单啊。我在酒吧里对你说过吧,她在巴黎时就得过轻度的神经官能症。她有个不好的习惯,只要一旦精神不稳定,就会向帮助她的男人求爱。我的朋友了解千香子在巴黎时的情况,我们结婚以前,他把她的那些事告诉了我。得知她和名村的关系时,我想起了朋友的话。对她来说,你也只是个临时的过客。我是她的丈夫,你就相信我说的话吧,能理解她的只有我。"

住田想通过貌似公允地揭妻子老底来巩固自己的强势地位,他这种态度达郎无法接受。达郎千方百计想要摆脱自己的劣势,他试探性地问道:

"既然你如此深谙千香子的脾性,为什么从一开始就没想到要怀疑我?"

"那不是明摆着的吗?你和千香子各自的生活环境差距太大。她和名村的事我可以想象,因为据说她在巴黎投怀入抱的男人就是个吹双簧管的。"

"住田,你把棒球选手蔑视为缺少教养的野蛮人,所以你根本就不怀疑我,对不对?你想让我当千香子的保镖,也只是把我当作看门狗。你现在这么怒气冲天,就是因为被这条狗咬疼了。而千香子和名村交往时,你没去找他算账吧?那是因为他是文化人,你丢不起这个脸,但现在对我……"

"荒矢，你这个人头脑非常好使，超出了我的想象。今天晚上我总算明白了千香子为什么愿意跟着你，虽说是暂时的。"

"是不是暂时的还不知道呢。"达郎逼视着住田。

住田眨巴着眼睛，呼吸有些急促起来，"不管发生过什么事，千香子最后还是会回到我身边的。"

"既然那么有自信，就根本用不着特地到我这里……"

住田突然站起身，达郎看见他的脚趾在薄薄的白袜子里焦虑地蠕动着。

沉默持续了片刻，只有矢泽永吉的摇滚乐在有力地轰响着。

"为了以后不至于难堪，我觉得还是应该对你说实话。你就像投出的直球那样直截了当，和名村可不同啊。你最好相信我的话，千香子一定会回到我的身边来。"

住田的呼吸在急剧地打颤，毫无血色的脸上一片苍白，尽管如此，那脸上还是出现了笑容。

达郎将目光移开，望着地板。

白色袜子开始朝门口移动，大门被猛然关上的声音传进了房间。

达郎久久地坐在那里没有动，待到矢泽永吉的CD放完了，他沉重地站起身来径直走向电话机。

出乎他的意料，千香子还没睡，看来是酒醒以后睡不着了。

达郎把住田来过的事告诉她。本以为她会很狼狈，不料千香子却始终很冷静。

キュウアイ 185

达郎害怕住田的阴笑。他讲话的语气充满着自信，但明显看得出他心里的不安。正因为他是懦弱的文化人，所以稍有闪失，也许会干出蠢事来。他会不会加害于千香子？一想到这里，达郎不由得坐立不安起来。

"他就会装腔作势，根本闹不起来！。"

"不，那个就不说了……不知道他接下来会怎么样。"

"是啊。那么还是避一避吧。现在我到你那里去行吗？"

"这没关系，但……"

"你还担心什么？"

"行，你来吧！"

达郎挂断了电话，思考着住田的事。事情既然发展到这一步，就必须考虑一个具体的解决方法。在没解决之前，比较明智的是和千香子都保持低调。但是，他根本就没有想要阻止千香子的冲动。

凌晨四点多，千香子双手抱着行李来了。

"简直是猖狂出逃。我真想把钢琴也搬来，可是搬不动。"千香子淡淡地笑道。

达郎详细讲述了住田的态度和言谈，也没有隐瞒从叶山回来后与住田见面的事。

"就是因为你把住田约出来，才会弄成现在这样。"千香子说道。

"你说得没错，可那也是没办法的呀。"

"不过，这样一来也许反而是好事呢！"

"……"

千香子朝达郎瞅了一眼，"我在巴黎时的事，你在乎吗？"

"我怎么会在乎那些陈年老账啊？"

"可是，他说的是真的呀，只是……"千香子说到这里停顿了片刻，"我和你的事跟那时不一样，住田只有这一次没搞懂我的心思。"

无论肉体上还是精神上，千香子大概都已经疲惫不堪了，眼睛下边黑黑的，好像浅浅地涂过一层墨。

那张疲乏的脸令达郎十分心疼，他默默地将千香子抱了过来。

* * *

达郎几乎没有睡就去了训练场。这天他获得了"可以投弧形球"的许可，只是不让他踩在投手板上投球，而是从平地上投。和滑行曲线球或自然曲线球一样，弧形球也需要很大的肘部力量。但这种球不能不投，因为虽然达郎的制胜球[①]一般使用快速的直球和突然下行的下坠球，但需要不时投一些有落差的弧形球来迷惑球手。

达郎一会儿从投手板上投出直球，一会儿又离开投手板，从平地上投出弧形球。

犀利的直线球和变化莫测的弧形球。达郎至今还坚信这是投球的基础技术。用弧形球的握法抓起球时，达郎兴奋得简直要流出泪来。他对使用肘关节已经毫无畏惧，果敢地投出了第

---

① 投手逼近击球手后投出的、可使对方三击不中的球。

一个球。

佐古田深深地点了点头,大声朝他喊道:"好球!"

尽管几乎没有睡觉,身体状况理应极不理想,但是这天达郎却发挥得很好。

回到家里,千香子和民子都不在。达郎顿时慌乱起来,不知道出了什么事,看了留在客厅里的纸条,这才放下心来。

达郎又离开家,朝着隅田川的方向赶去。

民子和千香子正在散步道边上专注地钓鱼。

"怎么回事?只钓着一条?"达郎望着水桶里一动不动的虾虎鱼笑了起来。

"那是我钓的。"千香子得意地说道。

"是啊。千香子小姐的鱼线刚放下,鱼马上就咬钩了。"民子说道。

"看来这条鱼很蠢。"

"我先回去了。"民子把钓鱼线交给达郎。

"我能帮你什么忙吗?"千香子朝民子微笑着问道。

"别开玩笑,钢琴家的手是不能拿菜刀的!"

民子开心地朝千香子笑了笑,登上石阶,朝公寓的方向走去。

达郎靠在扶手上注视着河面,河水掀起的波澜上下起伏着。

"民子这个人很和气。她明明为你着想,不希望我住在这里,但从不给我脸色看。她还开玩笑说:'棒球选手的膳食我知道,但我不会给钢琴家计算卡路里啊。'"

"住田给你打过电话吗?"

"没有。"

"你告诉母亲了吗?"

"没来得及。我想要不今天晚上去一趟,直接对她说。"

"这样好啊,是应该尽量早点告诉她。"

千香子长长地叹了口气,抬头望着天空。

"你觉得很难对母亲开口吧。"

"说什么好呢?我还一点都没理清楚呢。"

"我去解释吧。"

"那不行,还是我一个人去比较好。"

"说得也是啊。不过,需要我去的话,随时请你告诉我。现在我已经不怕你母亲了。"

"我也不怕母亲啊。"千香子立刻把他顶了回去,说完扭开了脸。

"小时候绝对服从过的人,长大后还是会害怕的。我小时候有个叔叔教我棒球,我到现在见到他都害怕。"

"达郎,你很讨厌我母亲吧。"

"不是什么讨厌、喜欢的问题啊。"

"不要说了。反正我全都如实告诉母亲好了。"

千香子朝着公寓的方向迈开步子,达郎也跟了上去。

"昨天晚上忘了问你,练琴怎么办?那架钢琴不行吧?"

达郎一边问,一边走上散步道的石阶。

"在母亲那里练习啊。以前一直都在那儿弹琴,而且学生也是去我娘家的。"

"那么，白天都要去你母亲家吧。"

"应该是的。"千香子的面颊投上了阴影。

"你好像有心事？"

千香子伏下眼睑，"我在想，会不会因为和我的事，你又成为周刊杂志炒作的话题……"

"也许早晚会被他们炒的，我已经习惯了，不会去理它们。还是想想你自己会怎么样吧，你怕不怕被人恶意炒作？"

"不太清楚，因为我从来没有过那样的经历。不过，多半我不会去理睬它。我觉得这要比恶意炒作音乐会好得多。"

两人并肩回到公寓里。千香子没有吃晚饭，补完妆后就回娘家去了。

达郎站在厨房门边的大冰箱旁，注视着正在做油炸食品的民子。

"民子，对你说什么好呢？……"

"可以什么也不说啊，"民子的声音和油炸声重叠在一起，"不过，今天早晨吓了我一跳。"

"照顾的人变成两个，我要加工资给你。"

"你们迟早会不需要我的吧？"

"不管发生什么事，我都希望你一直待在这儿，你愿意留下来吗？"

民子用长筷子夹起裹满面粉的鱼："这就是千香子小姐钓的虾虎鱼啊。"

"是裹着面粉油炸以后好吃吧？"

"瞧着！"民子将虾虎鱼放进油锅里。

她的手势显得比使用其他食材时更加鲁莽。

"你不高兴了吧。"达郎低声问道。

"没有的事!"民子稍稍后退了一步,"我是你雇来的佣人。你为了自己的那种事还要顾忌佣人,这不成体统啊!"

"我没顾忌什么呀。这是有关我一生的大事,我对谁都不避讳呀!"

"这件事如果被你误解就会很尴尬,所以我再对你啰唆几句。千香子我是挺喜欢的,她给我的感觉很好,不过……"

"这我知道,后面的话上次就听你说过了。可是,不能因为她有自己一生不愿放弃的职业,就认定她和我相处不好吧?如果你还能像以前那样来照顾我们的家务,尤其是做饭,就什么问题也没有了。"

"家务这些事,怎么做都可以。"

"那么……"

炸好的鱼被放在了滤油网上。

"我希望你能早点儿成家,不过,我左思右想,一想到以后的事,怎么都觉得那种好胜而敏感的女性对你不适合。怪我多嘴,实在对不起。你不要不高兴。"

达郎觉得民子说得太过分了,但不想跟她争辩。他从冰箱里取出罐装啤酒,一句话也没说就回到了客厅里。

* * *

千香子住进达郎的公寓十来天以后,一个夜里佐古田打来了电话。

他说自己在北品川的酒馆里,让达郎来一下。到品川去很不方便,又听到他阴沉地说有在训练场不方便的事要和他商量,达郎心里顿时担忧起来。

他将佐古田的意思告诉千香子,自己换了外出的衣服。每当将千香子一人留在家里外出时,他总会如此放心不下,就像刚开始喂养小猫的主人不忍心撇下宠物自己出门一样。

佐古田指定的酒店在旧时的东海大道旁,这家小店只有一个六十来岁的女人在独自经营,佐古田像是那里的老客人,吧台边喝酒的那些人全都是他的点头朋友。空调在发出低低的嗡嗡声,脏兮兮的老式电视机里播放着巨人队和京浜队在东京巨蛋进行的比赛。

啤酒和下酒菜都是客人接力传递过来的。

佐古田朝达郎乜视了一眼,手无力地搭在玻璃酒杯上。

"这家酒店你好像很熟啊,还特地从川崎……"

"我是在这条大街的尽头长大的,那时候这儿还有窑子呢。"

"佐古田,你怎么没精打采的呀?。"

"混账!我是在为你烦心呢。"

达郎陡感心里一震,刚端起的酒杯悬在半空,怔怔地望着佐古田。

"康复训练还有问题?"

"不是康复训练,我是担心球队里的传闻。"

达郎悄悄地松了一口气。在他的眼里,康复训练比有关自己与千香子的传闻更重要。

"听说你和住田的老婆住在一起,是真的吗?"

"事出有因,她只是寄宿在我的家里,不是正式生活在一起。"

"寄宿?这是什么意思?"

达郎把事情的原委向佐古田扼要地说了一遍。

"你很喜欢表演反派角色嘛。"

"这事对训练没有丝毫影响。"

"净说些孩子气的话。用公司来打比方,这就像和其他部门同事的老婆同居啊。一旦败露,非同小可。"

"是从哪里传出来的?"

"住田和翻译齐田的关系很密切吧。看样子是住田在齐田面前发过牢骚,齐田本来就多嘴多舌,所以一眨眼工夫就传开了。"

住田向自己诉说名村和千香子的关系时的那副表情,浮现在达郎的眼前。住田有些喜欢装腔作势,但他的性格却是不善于独自处理自己心灵的伤痛。达郎不难想象他在诉说着时那副小题大做的熊样。

佐古田叹了口气:"上次她来看你练球时,我就觉得很奇怪,但你们真的会有那样的关系,我连想都想象不出来啊。"

"你没有想过这样的情侣很般配?"达郎说道,他是想开个玩笑。

"你这种口气会把那帮记者气疯的呀!记者中有很多好事的家伙,你会把他们推到对立面上去的。"

"一有人刺探我的隐私,我就会不由得心里就冒火。记得

キュウアイ 193

以前对你也说起过，我母亲出事时他们就恨我，到现在还老缠着我不罢休。"

"这大概就是所谓'精神创伤'吧？"

"什么'精神创伤'？"

"那种闲言碎语，不用去管它。对了，听你的口气，你像是真心迷上她了。你这小子真会惹麻烦啊！"佐古田露出不悦的神情，喝光了杯子里的酒，"点你自己喜欢的菜，点什么都可以。这里店堂虽然脏兮兮的，但菜做得很好啊。尤其是烤鲸，是这里的绝品呢。"

菜就让佐古田来点了。

达郎朝电视机望去。画面太小，看不清显示的分数，但看得出海豚队已经赢了，因为河田站在投手板上。看来是迎接最后一击，挤在垒上的人都穿着巨人队的队服，站在击球区内的是松井。

河田投向外角低位。松井挥动球棒，打了个漂亮地穿越三垒和游击手之间的安全打。简直让人回想起当年筱塚的柔软的击球动作。两名跑垒手乘机回到了本垒。

吧台边的客人们全都鼓起掌来，他们全都是巨人迷，完全忘记了达郎在这里。

老板娘朝达郎那边瞟了一眼，脸上没有流露出任何表情，但从她眼睛里却能清楚地感觉到她的感情。

"副岛起用选手越来越离奇了，"佐古田感慨道，"现在即使积分相同也把河田推出来。在那种情况下使用从来没有打满一个赛季的新人，坚持不了多久啊。"

"那些教练几乎都是领队的应声虫,还能有什么办法?"

酒和烤鲸,还有干炸竹荚鱼,都由客人接力传递过来。一个把碟子交给佐古田的男子,好像突然想起达郎也在这里。

"不好意思啊!当着荒矢君的面声援巨人队啊……"

达郎付之一笑。

"好事啊。"不知谁说道,"如果河田被打败,他复出就快了。对不对呀?佐古田教练。"

"真烦!君岛。我们在谈重要的事情,你不要插嘴。"佐古田用开玩笑的口吻呵斥道。

"是荒矢投手的婚姻问题?"叫君岛的男子脸涨得通红,朝着佐古田叫道。

棒球赛转播中途停止,身穿浴衣的晶代占据了整个画面。

达郎将目光从画面上的晶代移开,给佐古田朝酒杯里斟酒。

"我可是清家晶代的铁杆粉丝啊!"

"君岛,你再胡搅蛮缠,我就把你轰出去!"老板娘威风凛凛地喝道。

"我没有……"君岛脸上不服,但还是又转向了吧台。

晶代从画面上消失了。

"对不起,那小子是我童年时一起玩大的弟弟,从以前起酒品就不好。"

君岛是小酒馆女老板的儿子,从小就习惯了客人的胡搅蛮缠。

"我朋友和剧团的女演员一会儿好一会儿吵,居然住在了一起，但最后还是分手了。那小子说了，女演员是特殊的生物，凭普通人的神经怎么也不可能一起生活。"

"我有同感。"达郎莞尔一笑，用筷子夹起烤鲸。

"你这是前车之覆，后车不引以为鉴啊。今天晚上你得让我说个痛快。和晶代在一起时，你是春风得意。我想晶代小姐当初是在演艺界屡屡不得出头，才一时动了退出舞台当你老婆的念头，但是看着你的辉煌生涯，她又开始后悔自己放弃了明星之路。"

"不是那回事。她只是看见与她同年出道的明星很走红，才想重回荧屏的。"

"这也是理由之一吧。不过，我看她最介意的是共同生活的丈夫那种如日中天的气氛。你的对象最好是甘当幕后英雄的女人。康复训练中的一流钢琴家和同样康复训练中的优秀选手，这样的组合基础是不可能牢靠的。如果说你能为她放弃棒球甘当幕后人物，那又当别论，才能与才能相互碰撞的婚姻是没有前途的，乔·迪马乔和玛丽莲·梦露就是一个很好的例子。"

"梦露我知道，迪马乔是谁？"

"是以前美国职业棒球联盟的明星选手啊。你是棒球选手，却连这都不知道？不过，这个我们不谈它了。再深谈下去，会弄得不高兴的。英才教育培养出来的钢琴家大概不谙世故，可棒球少年不也对社会上的事一无所知吗？那样两个人就是生活在一起……"

达郎伏下了眼睑。

佐古田扑哧一声笑了："你现在说也来不及了?"

谈不上什么来得及来不及,因为就连达郎自己都无法估计以后会怎么样。佐古田说得没错,这样的关系也许只能在争取东山再起这段远离普通生活的时期得以维持。然而,达郎已经没有多余的时间去超前考虑什么将来的事了。

客人们的醉意一上来,跟达郎搭话的人就多了,有人问起了几时归队这个早已听腻了的问题,有人顺手拿出一张发票要求达郎签名。尽管佐古田阻止,酒馆里的话题还是转移到了达郎身上。

刚出名时面对这样的情景还很兴奋,甚至还自作多情地主动去酒馆喝酒。可是现在,他的心境已经与夜总会的陪酒女郎没什么两样。"明星有时是大众的活祭品",达郎觉得佐古田这句话说得非常到位。

回到家里,达郎重又喝起酒来,但没有把佐古田的话告诉千香子。

"哎,精神创伤是什么意思?"

"你怎么问起这个来了?"

"是佐古田教练说的,很惭愧,我不懂这话的意思。"

她仔细地做了解释。明白意思以后,达郎后悔问千香子了,因为这句话的意思是千香子最忌讳的。

千香子自己也倒了杯酒,那天晚上没有话不投机的感觉,可是两人之间总好像有点儿疏远。

千香子虽然结过婚,但有些地方让人怀疑她是第一次与男人同居。洗东西的手势不像当主妇的,尽管勤快地帮民子干活,但不管干什么,看上去总是别别扭扭的。

晶代也是个不会做家务的人,但其他方面,比如懒懒散散地吃吃甜食,随便看看电视里的滑稽节目,倒能让人感觉到浓郁的生活气息。

千香子很少看电视。虽然也吃甜食,但糕点屑绝不会弄脏桌子。

达郎心想,现在两人的脚跟还没有站稳,千香子还无心享受生活的情趣,这或许也在情理之中。

但是,两人的关系从不冷冷清清。一起过日子以后,肌肤相亲的浓密程度超过了幽会期间。不仅在卧室里,就是在钢琴房里也开始做爱,他们没有忘记,两个人的第一次做爱就是在钢琴房里。交媾之后,达郎会要求千香子弹奏《水之嬉戏》。千香子默默地弹琴时,达郎在穿衣镜前一边练习投球动作,一边聆听千香子手指纺织出来的旋律。

将想象中的球投出的瞬间,千香子的身姿出现在穿衣镜里。两具相互渴望着性的裸体,只在此时才在穿衣镜里像画一般的一动不动……

* * *

八月二十日,达郎获准从投手板上投弧形球。这表明康复训练进入最后阶段。总算等到了这一天,这使达郎变得从容镇定,也大致能够投出令人满意的球来。

达郎兴冲冲地一回到家就找千香子。千香子在盥洗室里。因为没有梳妆台,所以补妆就只好在盥洗室里做。这天晚上是要去娘家教学生的日子。

达郎把这天的训练结果告诉了千香子。

"恭喜你了！我一点儿也不为你担心。什么时候能参加比赛？"

"别那么性急嘛，还没有决定呢。"

"得快点儿把《多瑙河之波》教你弹完啊。"

"用不着了吧。"

"那怎么行？总得把这一课的曲子学完吧。不过，你能归队真是太好了。"千香子由衷地说道。

"你也……"达郎刚一开口，又把话咽了下去。

"好，那我去教琴啦。"千香子装作没在意，轻快地说道。

"路上当心点。"达郎把千香子一直送到门口。

达郎也把喜讯告诉了厨房里的民子。

民子正在切南瓜。她停下手，抬起头来望着达郎，眼眶里含着热泪。

"别大惊小怪的呀。在我拿下救援积分之前，你给我把高兴的眼泪擦掉。"

"要是在切洋葱就好了，切南瓜是骗不了你的呀。"

晚饭后，达郎打开电视看海豚队在川崎露天体育场迎战巨人队的比赛。

调频道的瞬间，晶代的脸庞突然映入了眼帘。

在日本酒的商业广告中，穿着和服的清家晶代举止矜持，俨然一个楚楚动人的美女。她就是靠着这则广告一举坐上明星宝座的。

还没有归队的达郎看着她不断走红，每次心里都会涌出一股无处发散的焦虑。只要看到她出演的节目和商业广告，他就要将频道换掉。

可是，这天晚上他却仔仔细细看完了前妻的画面。与和自己共同生活时相比，她服饰的风格已经焕然一新，完全消除了身穿泳衣上风情节目时的那种轻佻感觉。达郎坦率地承认，晶代正在不断成熟，她将来也许可以成为一名优秀的演员。

冗长的商业广告结束，画面回到了川崎露天体育场。三比零，巨人队领先。

巨人队首发上场的是桑田。桑田也是因为受伤而白白浪费了两年时间，虽说是对方球队的选手，达郎还是用欣赏的目光看着他投球。

电视里再次映出三垒边上的运动员休息区，达郎从银屏角上看到了住田，他坐在高大选手们中间，显得颇为瘦小。

胸膛里顿时感到一阵针刺般的疼痛。

海豚队的攻击波澜不兴地收场了。这时，响起了门铃声。

达郎瞬间想到那准是哪家体育报的记者，他们也许嗅出了他和千香子的事。达郎走到门厅，面对通话按钮犹豫起来。

门铃连续响了三次。这种不依不饶的按铃方式，明确传递了要见达郎的坚定意志。他觉得这似乎与那帮记者按门铃的方法不一样。

达郎按了通话按钮，轻轻应了一声"来了"，听到的却是一个意想不到的人的名字。来人是千香子的母亲慈子。

达郎打开玄关大门，等着慈子从电梯里出来。

慈子戴着宽帽檐的大帽子，身穿西洋贵妇人那种腰部收紧的灰色套装。这样的打扮很得体，看不出她已过花甲的年龄。

这与穿着短裤和运动衫的达郎形成了明显的反差，达郎感到惶恐。

慈子撑着手杖步履蹒跚。他伸手想要搀扶，但她迅速地侧过身子拒绝了他。

达郎把她请进客厅，正要去沏茶，慈子一边在身边放下帽子，一边阻拦道："你不用忙了，我要在千香子来之前回去。"

达郎在慈子的面前坐下，等着她发话。

"看看你自己干的好事！"

达郎无以答对。道歉的话总是得说的，但他却很难说得出口。

"我不是来指责你和我女儿这个有夫之妇的那种关系的。"慈子望着窗户，开门见山地说道。

"啊？"

"我特地老远赶来，不是为了教你怎么做人，"慈子的目光逼视着达郎，"我想告诉你，千香子是无论如何也必须回到舞台上的人，没有时间陪你谈情说爱。"

"我也希望千香子一定要回到舞台上去。"

"我不相信你的态度是在骗我。可是，你什么都不明白。"

"你指的是什么？"

"你这个人是会坏事的。千香子提出要和住田结婚时，我就反对。因为我觉得钢琴比结婚重要。但我在和住田交谈时改变了主意。住田只是自尊心强，但很懦弱。说得难听些，他是一个没有霸气的公子哥儿。我估计这样的人不会妨碍岸本千香子成为钢琴家，甚至觉得他可以放弃翻译待在家里，因为给棒球选手当翻译的工作是没有前途的。"

"那他还算什么男子汉啊？"

"所以我才容忍他娶千香子啊。"

"你是想对我说，希望我给她当一个只会吃软饭的情夫？"达郎语带讥讽地说道。

"这一点你做不到吧？所以就有问题了。几个月来，千香子变得开朗积极了，这使我很高兴。不料上次我听了千香子的话，才得知她变得开朗是因为和你有了恋情。我很惊讶。你为了东山再起拼命地努力着，这很了不起，但是对千香子绝不会带来好的影响。"

达郎死死地盯着慈子，心想现在自己该说话了。

"给她带来恶劣影响的，我认为不是我，而是你这个当母亲的。"

"你说什么？"慈子挺出尖细的下颚傲视着达郎。

"你是把自己无法实现的理想强加在独生女儿千香子身上。我也很在乎她，所以稍稍做了些调查。她实际上不是已经站在舞台上了吗？可你却在阻止她。你因为过分地追求完美，所以不愿意让她轻松地站在舞台上，结果把千香子折磨得痛苦不堪。我觉得就是这样！"

沉默的片刻。慈子像是在与自己搏斗，她颤抖着肩膀，断断续续地喘着气，想要让自己恢复冷静。

"正如你说的，我确实把自己的梦想托付给了女儿。"

"你的梦想给千香子带来了多大的压力？如果没有这些压力，她早就已经站在舞台上了。她现在的情绪很不稳定，你知道吗？"

"啊？……"

这是一句犯忌的话，但已经无法收回。达郎索性把住田说的情况扼要地告诉了慈子。

"我觉得那很平常。"

"是还没有病入膏肓，但她心里确实有伤啊。"

"如果能够弹出原来的水平，自己就会好的。"慈子自信地说道，"荒矢君，不管我的想法怎么样，以完美为目标，是这孩子的宿命。只有在接受英才教育的环境里长大的人，富于才能的人，才能成为一流的音乐家。有的人尽管很有才能，但十五岁开始练琴，才能就发挥不出来。这没有幸运或不幸运之分，也没有善与恶之分。也许我说的在一般人看来是歪理，但确实是宿命让千香子成了钢琴家。打个不知道是不是贴切的比方吧，体育运动员的肌肉长法，是因项目而各不相同的，大概不可能长得很平均。要将特殊技能充分发挥出来，肌肉的发达就会不平衡。你身体上的肌肉，和千香子的人生是同样的道理呀！千香子是被命运选中的人，这一点你也能够理解吧。我即使不懂棒球都知道你是一流的选手。你不会是为了表现自己平庸的技术才不放弃康复训练吧。我听千香子说，你出现了竞争对手。如若归队，你想让观众和领队刮目相看，这一点我非常理解。我也不愿意以让女儿不伦不类地站在舞台上，既然回舞台，就必须让听众赞叹叫绝……我的心情，想必你也能够理解吧。"

"恕我冒昧,给音乐判定好坏是很困难的吧?棒球是有输赢的,所以结果一目了然。可是,人的感动方式是千差万别的,观众怎么也不可能仅仅因为技术的完美就送掌声给你。我重新站到投手板上时,观众大概会出自内心地为我鼓掌。可是到了投球的关键时刻,无论球投得多么好,假如全被对方打出本垒打,即使有人同情我,也没有一个球迷会为我喝彩。可是演奏不同,即使不能弹到受伤之前的程度,但钢琴家克服伤痛弹出的琴声里,不是还凝聚着比技术更有意义的某种东西吗?可实际上呢,正是你这位母亲,为了博得友部美智子这个竞争对手的赞叹声,却在硬逼着千香子一定要弹奏得更完美。"

慈子的脸色变得苍白,"无论如何都必须战胜友部美智子。"

达郎冷冷地笑了,"在你眼里,音乐也和赌博一样了?"

"你好好听着。你说得没错,音乐不会像决胜负那样明确地分出优劣,所以如若认定自己是天才,就无论别人说什么都不为所动;但是如果失去自信,就只能去品尝地狱里的痛苦。我和千香子就是为了恢复那种自信,才时刻不忘友部美智子的演奏的。如果觉得自己比友部高超,千香子的自信就会得到恢复。要说为什么不忘友部美智子,那不仅仅因为她是优秀的钢琴家,还有与千香子和友部对钢琴的理解方式不同。友部小姐无视作曲家的意图,演奏相当大胆。她的演奏好像很适合现在这个时代所以受到了欢迎。可是千香子和我都不认可那样的钢琴家。将贝多芬写着弱音符号的地方用强音来弹奏,这是歪门邪道。关键是怎样用钢琴家的情感来表现贝多芬的弱音部分。对于用强音去表现弱音的弹奏，我和千香子都很愤怒。社会上有一种潮流，就是对那种叛逆持宽容的态度，所以歪门邪道才大行其事通行无阻。友部像是在模仿同样大胆无视乐谱的钢琴家波戈雷利奇，但她不具备波戈雷利奇那样的才能。"

波戈雷利奇？这名字在哪里听到过。达郎想起，在友部美智子的音乐演奏会上，遇到的那位评论家提起过这个名字。

"我教千香子的，始终是正统的钢琴演奏。她对当传统的演奏家没有异议。因此，我无论如何要让千香子以正宗的演奏方式超过歪门邪道的钢琴家。请你相信这一点。这是我的希望，也是千香子的希望啊。"

达郎被慈子的雄辩折服，但还是在将钢琴与棒球做着比较。棒球只要遵守规则，无论怎么打都行。即使没有漂亮的姿势，只要打出安全打，那名选手的姿势就被视为合理。达郎没有反驳，因为钢琴与棒球相差太大了。

"你想说的意思我能理解，"达郎轻轻点了点头，"可是，这与我和千香子的交往有什么关系？"

"千香子差不多想要放弃钢琴了。"

"她在你那儿没有练琴？"

"她一直在弹琴，可是无论我怎么提醒她，她都只是神思恍惚地应付我，始终不能全身心投入。而且……"慈子的表情扭曲得很难看，"她弹的曲子光是你喜欢的《水之嬉戏》，与钢琴相比，千香子更想要选择你。这对你来说也许是值得高兴的，但我希望你好好地想一想。一个三十一年来只知道钢琴的女人,突然成为棒球选手的妻子,是不会习惯的。你能想象她作为你这样在一线活跃的主力选手的影子生活吗?如果是一时鬼迷心窍而放弃钢琴的话,这会给她留下终生的遗憾。在康复训练期间,你自己也会有几次想要放弃棒球的冲动。这时如若突然出现那种令你心仪的女人,你也许会更强烈地考虑引退。不过你是男人,那种迷乱大概马上会一扫而光。但千香子是女人,她想躲进你的怀里沉浸在甜美的安逸之中,这样的想法比男人更强烈。"

达郎伏下了眼睑,"如果我是钢琴家的话,是不可能那样做的。我会在棒球这个与她无缘的世界里,用自己的成功对她施加好的影响。我保证以我的力量帮她站回舞台上去。"

慈子讥讽似的笑了,"你能做什么?连拜尔都弹不好的人,不可能让千香子真正振作起来的。千香子接受的是英才教育,无论对你做多少解释,你都无法理解千香子的处境。我也许是个苛刻的母亲。千香子也许已经不想再弹什么钢琴了。不过,你听着也许会觉得我是在故作玄虚,千香子能成为钢琴家,完全是神的旨意。待到年老以后功成名就全身而退,那时和你这样的人生活在一起,会是千香子的福气。可是,你对棒球、千香子对钢琴,都是以命相搏,你们都是有前途的人啊。我不希望你们两个人,而且是两个想东山再起的人在一起的。我是个坏母亲啊,唉,这我承认。我没让这孩子有过快乐的童年时代,我有时也觉察到这孩子在内心深处憎恨钢琴,但现在再说这些已经晚了。以后这孩子也只能与钢琴作伴度过她的人生。和这样的女人在一起,就连你,将来也会感到困扰的。"

"棒球选手一旦体力衰减就不得不退役。我是三十二岁，打比赛恐怕只能坚持到四十岁吧，还有八年。我退役以后，对你所说的钢琴家岸本千香子来说，会是一个非常合适的男人。"

"如果你现在能放弃棒球的话，我就把千香子托付给你。"

"我不太明白。我打棒球和千香子的重上舞台，到底有什么样的关系？"

慈子突然叹了口气，目光眺望着远处，"你知道我的脚为什么会跛吗？"

"听说是从楼梯上跌下来的。"

"是我丈夫去世那年的事，这孩子九岁。她练琴很不起劲，所以我就打她左手，严厉地斥责她，大概是她太生气了吧，我走出她房间后，她就把我从楼梯上推了下去。那时千香子当然是恨我的，也许至今在心底里还恨着我。可是，自从知道我的脚废了以后，她就开始玩命地练琴了。那时我如果知道这孩子没有这方面的才能，就不会逼她到这一步了。既然已经知道这孩子有着我这样的人翘首莫及的才能，我作为钢琴家中的无名小辈，就一心想着哪怕拼上性命也要把她培养成一流的钢琴家……荒矢君，"慈子注视着达郎，"请你不要搅乱我女儿的命运。"

"那你要我做什么？"

"很简单，希望你和千香子分手。她想要躲进你的庇护之下，我希望你把她推开。我希望你告诉她，短暂的甜蜜和安逸是一种幻觉。这么做，最后还是为了你和她。我这么说是有把握的，你们分手吧。"

两人相互对视了片刻。达郎摇了摇头，目光注视着慈子没有避开。

慈子的表情眼看着扭曲起来。她紧紧地握着手杖，眼睛牢牢地盯着达郎。

达郎心想慈子也许会用手杖揍他，但只要她能解气，打也无妨。他拿定主意，也一直盯着慈子。

然而，打人的事慈子决不会做。她拄着手杖想要起身，稍稍打了个趔趄。

达郎不由得直起腰来，但没有伸出手去，他感到慈子全身散发着一种拒绝所有好意的固执。

慈子一句话也没有说，轻轻关上门走了出去。

* * *

"下雨了！"千香子拢着淋湿的头发微笑着。

她与慈子可谓擦肩而过，母亲离开还不到十五分钟。

"今天晚上来的学生才能非常……"话说到这里戛然而止，"母亲来过了？"

达郎沿着千香子的视线望去，慈子遗忘的黑帽子放在沙发的一端。达郎居然没有发现眼前的帽子。

达郎从架子上取出科涅克白兰地。

"给我也来一点儿。"千香子无力地倒在沙发上。

"她走了最多只有十五分钟。"达郎朝千香子的酒杯里斟酒，"要冰吗？"

千香子默默地摇了摇头，"不用问也猜得到她来干什么。"

"她说你重回舞台的心已经死了,是真的吗?"

"我从来没有对她说过那样的话啊。"

"好像是你母亲看你练琴时的态度才这么想的。"

"这和你有什么关系?"

达郎告诉了她慈子主要说的话,不料却将前言后语颠倒,并没能讲清来龙去脉。至于千香子把母亲从楼梯上推下去的事,达郎没有提起。

"妈妈是在吃醋啊,她是忍受不了我人走心也走。我现在真切地感觉到,这次跟你在一起,和当初与住田在一起时完全不一样。"

"那么,重上舞台,你没有死心吧。"

"我生活的大部分都是钢琴,怎么会那么轻易地放弃掉?"千香子微笑着用淡然的语气说道,那笑容好像是勉强堆出来的。

"白天我不在这里,当然不知道;但晚上你弹奏的曲子,只是我点的《水之嬉戏》呀!"

千香子的眼睛里充满着嗔怒,"我弹琴不希望你插嘴,我有我自己的考虑。"

"我不懂钢琴,所以不想说废话。但你母亲对我说,我这个人本身就会成为岸本千香子钢琴家的绊脚石。我真希望你用事实让你母亲醒一醒。"

"但实际上呢?我和住田离婚,一边做钢琴老师,一边照顾你。这对你来说,何乐而不为啊?"

"我不愿意看见你对学生歇斯底里地叫喊,而且你的手指只会弹琴,现在就是再用来做家务,也起不了多大作用。你其实不适合当棒球选手的妻子,但我已经迷恋得离不开你了。我现在希望的,就是你举行音乐演奏会。你已经能上舞台了,不是吗?"

"你为什么会这么有把握?"

"不好意思,我觉得名村的话说得很准。"

"我要说多少次你才能明白?他是小提琴演奏家呀,不是钢琴家!"千香子的胸口剧烈地起伏着。

"那家伙很聪明,看事物比我这种人清楚。他说过,你的问题只是在精神方面,手指已经完全恢复了。只要不追求完美,你任何时候都能上台。是这么回事吧?"

"你什么都不懂,却这么大言不惭。"千香子恶狠狠地说道。

"不知为什么,你没回来时我一直在想。虽然想不出什么主意来,但我希望你开个重返舞台音乐会,主打曲目就弹《水之嬉戏》,我想在特等席上听你演奏。"

千香子那充满透明感的眼睛一动不动地张着,像是忘记了眨眼似的。

达郎紧紧搂着她的肩膀,千香子身体僵直着倒了下去。

千香子的身体无欲无求缺乏激情时毫无暖意,像是盖着一层薄薄的冰膜。

达郎温和地望着千香子。

"我其实不在乎那些事,只要你按自己的喜欢的去做就行。我心里放不下的,是不知道你究竟想要怎么样。如果你说想放弃钢琴，那也可以嘛。你母亲脚是怎么会跛的，她已经告诉我了。"

千香子狠狠推开达郎的身体，双手捂着耳朵，厌恶至极地不停摇着头。

"不要说那件事！"

"如果你真的已经不想弹琴的话，不是也可以不弹吗？"

"我已经不弹了！！"千香子歇斯底里地喊叫着冲出了客厅。

时间凝重而平静地流逝着。达郎自斟自酌了将近一小时，他不放心千香子，起身走进卧室里。

躺在床上的千香子没脱套装，虽然闭着眼睛，但看得出没有睡着。达郎轻轻地在她旁边躺下，将她抱了过来。他本以为千香子会把自己推开，不料她很顺从地依偎到了达郎的肩上。

达郎用手指抚摸着千香子的面颊，静静地吻着她的嘴唇。温暖的手指和气息一点一点融化着冰膜，千香子的身体渐渐恢复了柔软。

冰膜融化后的千香子无所顾忌，厚厚的嘴唇吐出热带雨林般湿热的气息，清澈的眼瞳放射出斗士般坚毅的光芒。她用这目光紧紧盯视着达郎，一边开始慢慢解开自己的外套纽扣。

* * *

载着达郎和佐古田的大型喷气式客机准时起飞了。

达郎将目光从报纸上移开，眺望着窗外。小雨从肮脏的灰泥墙似的天空里落下来，濡湿着机窗，呈斜线快速地往下流去。

九月七日，达郎去洛杉矶接受 J 博士的诊断。

他已经没有当初决定动手术后回到成田机场时的那种郁闷心情，但潜意识里的不安情绪却没有完全消失，它静静地流淌在内心深处。虽然只去美国五天，但他感觉就像要离开家很长时间。在听到医生的话之前，他无法肯定能不能带着笑脸回国。

离开家时，千香子对他说了声，"MERDE!!"据说这句法语的意思是"他妈的"，法国人常用这句骂人话来预祝出门参加考试的人有个好兆头。

"MERDE!!"飞机起飞时，达郎在心里呼喊了两次。

第二天，J 博士的诊断不到二十分钟就结束了。

"恢复得很顺利，已经没有我要干的事了。"

听了 J 博士的话，达郎感慨万分，甜酸苦辣全都涌上他的心头。他的眼眶发热了。

可以参加正式比赛吗？面对这样的提问，J 博士瞬间沉默了，"还是小心些。我劝你从下个赛季开始吧。不过，你是殿后的主力队员，如果只是一局比赛，是可以参加的。"

达郎离开医院时被记者围上了。达郎很高兴。在被问到"能不能马上踏上正式比赛的投手板"时，达郎回答说"打算从下一个赛季开始"。这是佐古田约束住达郎的急切情绪后，指示他这么回答的。

回国的前一天，达郎和佐古田出去购物。佐古田为妻子买了戒指。达郎犹豫着买些什么礼物带回去送给千香子。他原打算买戒指或是手镯，但没有买。向钢琴家赠送手腕或手指上的装饰品，这太没心没肺了。他选择了脚镯。金脚镯可以毫不碍事地装饰踩钢琴踏板的脚腕，达郎自我感觉是很拿得出手的礼物。给民子的礼物，他买了项链。

达郎一回国，众多记者把他围了起来。记者人数似乎比平时多。

原因立即就明白了。与达郎归队的时间表相比，大多数问题却是针对他与千香子的婚外情的。

遇到这样的提问，带着笑容回国的达郎脸色立刻转阴了。

达郎用"无可奉告"将记者的问题挡回去，坐进了来接他的汽车里。佐古田对此事没有发表任何看法，只是谈了有关以后的训练，这些话他在飞机里已经预演过好几遍了。

公寓门前也可以看到记者的身影。年轻记者将小型录音机伸上前来，达郎对他们瞪了一眼便走进了公寓里。

千香子和民子在等着达郎回来。

看见礼物项链，民子激动得热泪盈眶。

达郎一取出给千香子的礼物，民子便知趣地走出了客厅。

千香子把脚镯拿在手里，微笑着说："你想得真周到啊。"

达郎巴不得她也像民子那样喜泪纵横，但千香子的眼睛没有湿润。

"终于回来了。"达郎咬着嘴唇注视着千香子，"也采访你了？"

"来过电话采访，我让民子接了。"

"你感到很讨厌吧。"

"一点也没有，"千香子摇了摇头，"相反，这不是更轻松了吗？今天早晨，住田因为担心打来过电话。我说要离婚，被他很冷淡地拒绝了。其实彻底了断对他也有好处，真不明白他为什么会拒绝。"

"住田是不愿意离开你呀。"

"如果我是他的话，会很干脆地在离婚申请书上签字的。"

"还是耐心些吧。"

"即使离不了婚，我也要和你在一起。这一次我铁了心了。"

千香子出奇地爽快，这本来是值得高兴的，而达郎却总觉得无法释然。尽管如此，他还是尽量用淡然的口吻说道：

"我也许能赶上这个赛季。"

千香子的眼睛顿时闪出光来，"我的'MERDE'有效果吧。"

"不过，佐古田打算让我慢慢地调整到下个赛季。我尽管心里满是牢骚，可想到他一直在照顾着我，现在服从他也是情理之中。虽然很不情愿，但我同意了。"

"这证明你是真正地恢复了自信啊。"千香子笑容可掬地说道，但她的语气里混杂着消沉的情绪。

身在绯闻漩涡里都能豁达应对，情人将要归队时反而情绪消沉。如果与不能登上辉煌舞台的深刻烦恼相比，偷情之类的传闻对千香子来说大概是不足挂齿的。一想到这里，达郎反而觉得千香子很悲哀。

翌日，达郎和佐古田一起去球队办公室汇报诊断结果。

除了球队代表山边、管理部长鹫尾之外，宣传部长大塚也在场。领队副岛没有来，他正率队外出参加比赛。

关于Ｊ博士的诊断，主要由佐古田做介绍。达郎汇报了自己的身体状况，并向球队表示感谢。

散会时达郎被单独留下了。因为早已在意料之中，所以达郎没有感到特别意外。

"荒矢，你知道我要对你说什么吧？"鹫尾侧目审视着达郎，开门见山地说道。

"给你们添麻烦了，我很抱歉。"

"那是球队职员的妻子呀！这和与风俗小姐闹出丑闻的性质可不一样。"

"我想要有个正规的形式。"

"怎么做才算有正规的形式啊？"球队代表山边插嘴道。

"和她一起生活。"

"听说住田压根儿就不想离婚。"鹫尾说道。

"我去说服住田，即使花些时间，也一定要说服他。"

"记者还闯到队里来了呢，"宣传部长大塚朝鹫尾看了一眼，说道，"这简直是在指责球队的选手管理问题。"

大塚靠着鹫尾的提拔才有了如今的地位，给鹫尾添麻烦的人，就是他的敌人。

球队代表山边取下眼镜，用手帕不慌不忙地擦着镜片，"如果住田夫妇离婚成立，你和住田的夫人一起生活的话，这又当别论，但现在这样下去，不成体统。"

"你想一想，是谁让你在洛杉矶接受手术，期间还给了你一亿多年薪？"鹫尾火冒三丈。

キュウアイ　215

"我一直在坚持康复训练。托你们的福,我觉得下个赛季可以报恩了。"

山边重新戴上眼镜,"你大概是想着迟早要跳槽吧?"

"如果你是指自由合约选手①的话,我还没有那个资格。"达郎缄然了片刻,盯着球队代表问道,"你是想说,下个赛季不让我在海豚队参加比赛吗?"

"对我来说,你是难得的战斗力,这一点没错。河田今年经过实战,下个赛季你再加入进来,投手的实力就会很雄厚。我可没想过要把你放走啊。但是,这个问题不能就这样放任不管。住田夫妇如果能破镜重圆就好了。"

达郎伏下了眼睑。看来山边是想说:反正如果不和千香子分手,就只有脱下海豚队的队服了。

"好啦,你大概也有你的难处吧。咱们过几天再谈吧。"球队代表站起身来。

"荒矢,你不要说出刺激那帮记者的话啊。"最后站起来的大塚冷冷地扔下一句话,走出了房间。

达郎径直去了训练场。

达郎压根儿就没打算与千香子分手,他真的准备转队了。应该有棒球队想要他的。问题是年薪。达郎口碑不好,已经一年多没有战绩,其他的棒球队会给他标上多大的价码呢?他根本就不想把自己贱卖了。

正式训练开始后过了三天,店铺里已经摆放着刊有千香子

---

① 指有权自由转会的职业棒球队员。

和达郎丑闻的女性杂志和周刊。

时隔几十年，海豚队眼看就要称霸中央棒球联盟的锦标赛了，光这一点就备受媒体的关注。就在这时，丑闻从天而降。有的周刊使用了《海豚队'队内婚外情'》的标题；有的报道引述领队副岛身边的消息灵通人士的话，称"河田的成熟足以确保殿后主力投手的实力，所以领队早就将性情不合的荒矢投手排除在下一赛季的设想之外"；还有的报刊刊登了千香子走出达郎公寓时的照片。

体育报纸的记者在达郎训练结束时赶来问道："有传闻说你的目标是参加美国职业棒球甲级联赛，你对此有何评论？"

面对这突如其来的问话，达郎大声笑了起来，"我本人还一无所知，你们怎么就炒出了这样的传闻？我还想到你们报社去采访呢！这条消息是哪里来的？"

"那么，这种说法完全是空穴来风啰？"

"我如果能东山再起，就要站在海豚队的投手板上。那样的话是谁造出来的？"

"对方的代理人重田希望得到你，这是经过证实的呀。"

"美国职业棒球甲级联赛，对任何选手来说都是很有魅力的，但我喜欢的是咖喱饭和寿司，从来没有想过要离开日本。"

佐古田一直在听达郎的应答，等记者离开后，他拍拍达郎的肩膀："不要头脑发热啊！"

"可是，有人在散布谣言呢。"

"为了使有威慑力的选手产生动摇，故意捕风捉影散布转会谣言，使选手失去斗志，这是惯用的伎俩啊。这种时候的上策，就是把它当作耳旁风，淡然处之。"

　　达郎怀疑传播谣言的罪魁祸首也许就是领队副岛，但他没有任何证据。他本想去找副岛理论一番，可是最后强忍着咽下了这口气。

* * *

　　"音符是活的呀！你要想着更温柔地抚摸音符。"千香子探出身子，像按摩似的缓缓地移动着双手的手指。

　　千香子自从与达郎同居以后，不仅在星期五，其他日子也为达郎上钢琴课。

　　可是，钢琴课上到这天晚上也要结束了。

　　达郎笑着说道，我们既然生活在一起，还有什么第一次和最后一次啊？但千香子一脸认真的表情，不停地摇着头决不退让，说总得把这一课学完才行。

　　最后一次钢琴课的那天早晨，放在娘家的那架施坦威钢琴被搬进了达郎的公寓里。看来这架三角大钢琴搬到高层公寓里去颇为困难，是专门的大钢琴搬运工小心翼翼地搬进来的。搬进公寓里以后，千香子熟悉的调音师进行了调音，晶代留下的那架钢琴被处理掉了。

　　达郎训练后回到家里，走近这架傲居屋子中央的钢琴，感到一种不同凡响的印象，音色与以前弹的钢琴简直有天壤之别。庄重的大型三角钢琴，令达郎重新真切地感受到自己是在与千香子朝夕相处。

　　千香子提出让达郎用这架钢琴来弹《多瑙河之波》，以此结束钢琴课。

她依然措辞严厉地让达郎弹了好几次，达郎的手指已经记住了音符的排列。

"行了！真的很好了。"千香子说道，语气显得格外平静。

"是托你这位老师的福啊。"

达郎用逗乐的语气说道，但是千香子没有笑。

"那你就用音乐演奏会的感觉来弹一遍，用这首曲子结束荒矢投手末梢神经康复课程。"

达郎咳嗽了一声，坐正姿势，开始弹奏《多瑙河之波》。虽然还能感觉到左手按动琴键的节奏有些不稳，但没有任何失误，一直流畅地弹到了最后。

钢琴声刚从房间里完全消失，千香子就向学生鼓起掌来，闭着的眼睛仍然没有睁开。冷冰冰的掌声"啪啪"地在房间里回响着。

掌声稍稍停顿了一下，没错，是停顿了一下。达郎心里充满着感慨，事先压根儿就没有想到，以大吵大闹开始的钢琴课，会以这样的形式结束。

"以后我会挤出时间来练琴的。找到合适的曲子，你再给我上课。"

千香子睁开眼睛，轻轻点了点头。

"除了你之外，我可以在这房间里教别的学生吗？"

"这没关系，不过，上课以前，房间应该重新布置一下吧？因为你也要练琴，所以最好还是安装隔音板。"

千香子没有接他的话，她走到窗边，稍微打开了一点儿蕾丝窗帘。

"我终于得出结论了。"

"结论？"

"我决定放弃重上舞台。"

达郎缄然。他把右手放在琴键上，开始弹奏学过的练习曲。

"为什么不说话？"

"你以为自己真的能做到吗？"

"谈不上什么做得到做不到。我已经弹不出令人满意的琴声了。"

达郎抬起按在琴键上的手指，长长地叹了口气，"这只是你一时的想法。只要能恢复信心，要解决的问题……和手指上的伤没有关系吧。"

千香子情绪激动地回过头来，"你说得没错，和受伤是没有关系。"

"你总算承认了。"

千香子朝达郎走去，"让我来弹好吗？"

达郎从琴凳上站起身来。

千香子在钢琴前坐下，抬起头，揉捏着活动了一下双手的手指，然后将手指缓缓地放到琴键上。

强有力的琴声从中音部向低音部飞泻而下，房间里响起了与现代音乐风格迥然不同的旋律，不久，琴声变得惆怅凄婉，刹那间又转入了激情四射的快板。

千香子的手指忘情地在琴键上奔驰，时而大刀阔斧地猛击琴键，时而温柔地爱抚着一个个音符。

不料，弹了有五分多钟时，千香子的左手手指突然在黑键上绊住了。她在同一个地方弹了好几次，苍白的脸上渗出汗水。琴声凌乱，僵硬的手指像蟹脚似的胡乱地敲击着，刺耳的不谐和音撞击着房间的墙壁。她肩膀开始颤抖，颤抖紧接着传染到手腕，最后连手指都微微颤瑟起来了。

"千香子，停下来！停！"达郎从身后紧紧地抱住千香子。

千香子的身体在不规则地摇晃着，嘴里漏出喘息声。达郎心想她也许是发作了。

达郎想要把她抱起来，但千香子硬挺着身体，不愿意离开钢琴。她呼吸凌乱，嗓子眼里迸发出既不像呻吟也不像哭泣的野兽般的声音。

达郎这才意识道，千香子精神上的焦躁感比想象中要严重得多，对她鼓励打气不啻是在为她的焦躁雪上加霜。

"休息！什么也不要想。都是我不好。我再也不会对你说什么'要努力奋斗'了。"达郎吻着千香子那汗津津的面颊，把她抱得更紧了。

他仿佛觉得千香子的身体更加瘦小了。他不愿意再把千香子从自己手臂中放走，他想变成一个巨大的洞穴，守护千香子，让她能够安然入眠。达郎用指尖感受着千香子苗条的骨骼，用力抱紧了她那柔弱的身躯。

千香子扭动脖子，抬起埋在达郎胸前的头，呆滞的眼睛什么都看不见，仿佛一只从巢穴中惊恐地探出脑袋来的雏鸟。达郎满怀着怜悯和悲切，什么话都讲不出来。

キュウアイ

"对不起。"千香子道歉的声音是嘶哑的。

达郎微微笑了笑。

千香子再次把脸埋进达郎的胸膛里,"你知道了吧?手指的颤抖,常常会出现的。在我受伤之前就开始抖了。"

"我知道了。已经好了。已经好了。"达郎反复劝慰着。除此之外,他一筹莫展。

电话铃响了。千香子想要离开他,但达郎没有松手。不管是什么电话,他都不愿意去接。

电话铃响了足足八下,终于停了下来。

千香子长长地叹了口气,注视着达郎,"我不当钢琴家了,今后只为你一个人弹琴。"

千香子静静地转过身子,离开达郎的怀抱,又开始弹起钢琴来。

《水之嬉戏》从她的指尖流了出来,达郎闭上了眼睛。他惴惴不安,提心吊胆,生怕千香子弹到半途又停下来……

可是,绸缎般平滑的水流直到最后都没有中断。

手指的颤抖只会在弹某个曲子时出现?还是精神一旦恢复平静,便无论什么样的曲目都能弹奏到最后?达郎不得而知。但这样的问题,他想暂且不去提它。

千香子弹完《水之嬉戏》,落寞地说:"如果能把棒球和钢琴都放弃,两个人生活的话……"

要让千香子过上平静而稳定的生活,达郎发现自己现在唯一能够做到的就是这件事。

从这天晚上起,达郎再也不提千香子重回舞台的事了。

也许是因为这个原因,千香子渐渐变得开朗起来,她帮着民子做家务,或者主动收拾屋子,生活状况几乎恢复到了以前一样。

达郎总算松了一口气,但心里并非没有一丝忧虑。

千香子的忙碌状态有时会稍显异常,比如为了擦掉粘在桌子上的污垢,她会使劲地不停擦拭,简直像要把桌面上的油漆擦掉似的;一看见窗玻璃上有污渍,不管正在做什么,都会马上去找擦玻璃用的洗涤剂;三角钢琴也被擦得铮亮铮亮,干净得连指痕都难以找到。

将钢琴这个终生的追求抛弃以后还没过多久,千香子看来是故意让自己忙碌起来,希望用什么东西来填补自己的空虚。

达郎每次若无其事地问起她的身体状况,千香子总是回答说:"药物必须渐渐地减少,所以才这样逐步减少剂量。自从不弹钢琴以后,好像好了很多。"她的表情是很平静的。

千香子把热情倾注给了学生的钢琴课。

学生有两个,全都是艺术大学附属高中的学生。一名男生和一名女生。按千香子的话来说,那女生的才华比男生高得多。

"男人真是很累啊。有才能倒也罢了,没有才华却要这样学钢琴,将来会相当辛苦。女人有结婚这条退路,中途还能调转方向。"

达郎心想,这句话用在千香子身上正合适。

千香子的热忱不仅表现在指导学生上,她对支持即将归队的达郎,也倾注了巨大的热情。

她向民子学烹调，还阅读详细记载巨人队投手桑田归队过程的纪实文学。得知桑田妻子将丈夫的投球姿势全都收在录像机里，便也仿效她的做法，每天晚上都把达郎投球动作的练习拍摄下来，甚至还进行编辑，好让他看起来方便。这个录像为达郎回忆状态好时的投球姿势起了很大作用。

民子有一次悄悄地对达郎说："对不起，我的担心真是多此一举。千香子很让人钦佩，她是真心喜欢你的啊。"

能得到民子的肯定，千香子十分高兴。然而，达郎在千香子对自己全力支持的热情里却察觉了到某种异常。

独占鳌头进展顺利的海豚队九月下旬发生了意外。

由于意想不到的五连败，与神宫森林队之间的积分差须臾间便缩小到了一分。剩下的比赛还有十四场，与森林队的对抗赛也还有三场，已经不能再掉以轻心了。

连败的原因之一在于河田的救援失利。达郎在电视里看着河田投球的场面，觉得河田被迫进行连投时的肩膀姿势显得有些别扭。

达郎把他的感觉告诉了千香子。

千香子的表情瞬时间变得僵硬，"该轮到你出场了吧？"

"你这么紧张干什么？"

达郎说着笑了起来，千香子也笑了，"这又不是别人的事。"

这天夜里，达郎怎么也睡不着。

一想到也许就像千香子说的那样，该轮到自己出场了，达郎便会紧张得直打颤。

投球的气势正在渐渐地恢复，但实战训练还没有进行，牵制、轻击球处理等为了恢复感觉而需要做的事情堆积如山。凭现在的状态，很难在重要的比赛中站到投手板上去。

达郎辗转反侧，连声叹息。千香子握住了他的手。

"怎么了？你还是担心能不能站上投手板吧？"

"嘿，想得再多也是徒劳啊。我当然想尽早参加比赛，但还没有镇住击球手的把握。"

千香子把身体贴了上来。

"你不要着急。反正球队的领队与你也不投契，为这样的球队勉为其难是得不偿失啊！"千香子的眼里闪过一丝不怀好意的光，"还是明年转到别的球队去比较省心吧。"

达郎无奈地笑了，"话是这么说，但在这个赛季的正式比赛中表现优秀的话，对于转队也是有利的。"

"报酬之类的事就别去管那么多了。即使只有现在年薪的一半，与普通人的薪水相比，也已经够多的了。"

"关于工资是有规定的，所以不会减掉一半。就算按规定上限减薪，也只会减掉百分之二十五。"

"那样的话，就更……"

"你说得没错，钱无所谓，但球员的价值只能用金钱来衡量。"

"是这回事？"

"就是这么回事。"达郎把千香子抱了过来。

达郎向千香子解释时，察觉到自己的话里夹杂着一些谎话。

他想尽快地站到正式的棒球舞台上。除此之外，其他的事都没什么了不起的。

翌日，训练最紧张的时候，听佐古田说，河田被取消注册了。

尽管是竞争对手，但达郎也是多年苦战一路走过来的，他对河田的变故难免兔死狐悲。

"和田不仅是右肩，肘部也在疼痛。这个赛季是绝对上不了场了。"

"是吗？"

"你心里很高兴吧？总算轮到你显身手了。"

"佐古田教练，如果是一局，我能顶下来吧。"

"也许能顶下来，你有信心吗？"

"凭我现在的球势，恐怕冲不破森林队击球手的强大防线。"

"你成熟多了！要是领队来了解你的情况，我也打算回答说你很勉强。"

"你等一下。还剩十四场比赛，高潮也许不久就会到来。你不能为我美言几句吗？"

佐古田笑了笑，"知道啦！"

训练结束时，二线队的领队坂卷朝达郎走来，"荒矢，明天起你和二线队一起进行实战训练。佐古田教练也已经同意了。"

"是副岛领队指示的吗？"

"不，是我决定的。河田退下来了，总得有人顶上去。虽然那个人不一定是你，但我的任务是事先做好准备呀。"

从第二天起，因为达郎进入了二线队，气氛一下子热闹起来。体育报纸全都用整版报道了达郎的紧急归队，来训练场的记者又增多了。

在与千香子的对话中，有关棒球的话题也多了起来。千香子总是笑吟吟地听达郎谈，凡是海豚队的比赛，也必定和达郎一起在电视机前观看。

住田常常出现在电视机的画面上。

"不能就这么一直下去吧。赛季结束后，我想去会会他。"在观看与阪神队的最后一次比赛时，达郎忍不住说道。

"你多半说服不了他。"

"为什么？"

"昨天母亲打电话来过，她是帮住田说话的。"

"那我也得去见他。"

海豚队的四号位打了个适时安打①，千香子对着电视机鼓起掌来。

"千香子。"达郎注视着她的侧脸。

"什么事？"

"不，没什么。你能看懂棒球了，我很高兴啊。"

"那当然啦。和你在一起过日子，不懂棒球怎么行呢？"

达郎把目光回到电视机上，其实他另外有话想问千香子：你真的能够放弃钢琴吗……达郎问不出口，他害怕问她这个

---

① 能使垒上的跑垒手进垒得分的安打。

事情。

* * *

雨水淋湿了训练场四周的大波斯菊。

听到十月越来越近的脚步声以后,海豚队的情况一直没有好转,不过森林队也同样未见起色,两队都没有连续三天保住过领先位置,双方争夺激烈。

达郎的实战训练和投球成效与日俱增,在找回投球感觉的同时,身体的柔韧性越来越好,姿势也稳定了。投出的球集中在直线球和下坠球上,颇费肘部力量的弧形球,只能作为活动肩部的热身运动偶尔投几次。

在没有比赛的日子里,达郎就与一线队员一起训练。达郎一直用眼睛在寻找住田,但他没有来训练场,以后也没有见过他,估计是球队关心他的身体,不让他去训练场。

队友中有人对达郎冷眼相待,看来他们是同情住田的。

领队副岛花了很长时间观察达郎投球,但他没有搭理达郎,只顾和投球教练说话。

想用我还是不想用我,把话说清楚嘛!达郎在心里狠狠地骂道。

在二线队的训练比赛中,达郎作为投手冒着零星小雨上场了。

虽然没有百分之百地恢复原来的状态,但达郎知道自己完全有资格成为球队的战斗力。尽管如此,眼看着剩下的比赛越来越少,副岛却一句话也没对自己说过,而佐古田早就以一局比赛为前提条件同意达郎参加正式比赛了呀。

达郎随口问二线队领队坂卷对自己状态的看法。

"我已经对他建议可以把你顶上去，但副岛说要等你的身体完全复原后再使用。来日方长，我看你还是听他的话，千万不能勉强啊。"

坂卷的谎话太明显了。达郎十分生气。坂卷是副岛推荐成为二线队领队的，副岛不管说什么，他都不会顶撞。

只剩下最后一场比赛了，达郎还没有获准在一线队注册。

海豚队和森林队正在展开拉锯战，海豚队暂时以半分优势暂居首位。

第二天最后一场比赛的对手是森林队。森林队还剩两场比赛。如果海豚队能在千驮谷体育场进行的这场比赛中获胜，无疑就是冠军，但如果输掉，则必须根据森林队最后一场比赛的结果来决定能否获得第二名。森林队最后一场比赛的对手是中日龙队。这个赛季森林队对付中日龙队一直是手到擒来，所以在明天的比赛中，倘若森林队获胜，就极有可能获得冠军。

"真是急死人了！"这天晚上，达郎向千香子发着牢骚，"那家伙以为棒球是什么？讨厌我，我一点儿都不在乎，但不让已经形成战斗力的选手上场，这可是背信弃义的行为啊。"

"还谈什么海豚队呀？达郎，你想转到哪支球队去？"

"哪支球队都行。如果可以的话，我想留在中央联盟里干。副岛和球队签的合同应该还没到期，所以下个赛季大概也是他指挥吧。如果在同一个联盟里，我要让这小子哭鼻子。"达郎望着千香子喃喃自语道。

千香子呆呆地眺望着窗外。达郎正要对她说话时,她收回了视线。

"棒球选手是没有休息的?"

"一般来说,正式比赛结束后就可以休息啊。如果获胜后参加日本联赛,那就又当别论了。"

"我想去泡泡温泉。"

"去吧!等海豚队的日程全部结束以后。想去哪里?你想去哪里的温泉?"

千香子摇了摇头。

"你不会是从来没有泡过温泉吧?"

"去过啊。不过,只是小时候去过。咱们到温泉去打乒乓球吧。"

"乒乓球?"达郎笑了,"可以啊。打吧,打吧。"

电话铃响了。听筒里传出副岛低沉的声音,达郎拿着听筒脸色陡变。

"明天的比赛,你去选手席!"

达郎没有回答。

"怎么了?我听说你的身体痊愈了。"

"早就痊愈了。"

"明天的比赛要全力以赴。如果能打进第九局,就让你投。你要做好那样的准备。"

"河田以后怎么办啊?"

"河田的事和你没关系吧。好了,明天等着你投好球啊!"

电话挂断以后,达郎还愣愣地站在那里。松弛的细胞一下子收紧了。

"怎么啦?"千香子问。

"要参加最后这场比赛。"

"就是刚才的电话……"

达郎在千香子的身边坐下,"是领队打来的。看样子他是无路可走了。"

千香子扑到达郎身上,"愿望实现啦,恭喜你啊!"

"那得看比赛的情况,也有可能不上场。如果海豚队进入最后一局时不能以微弱优势领先,就轮不上我出场。"

"那也值得高兴啊。因为你成功归队已经是铁板钉钉了。"

"是啊。"

"告诉民子吧?"

"好啊。"

达郎让千香子打电话告诉民子,自己走出了客厅。他来进钢琴房里,站在镜子前。

一想到能在正式比赛中踏上投手板,久未出现的不安情绪莫有名状地涌上了心头。

柔软体操结束后,开始做投球动作的练习。三角钢琴就在达郎的边上,但并不妨碍他活动身体。

身上渗出了汗水,不安情绪渐渐地消失了。达郎全神贯注练习投球动作时,完全忘记了千香子,直到他停下来用毛巾擦汗,才对着走廊喊起千香子来。

千香子应声走了过来。

"电话打得够长的啊。"

"民子流泪了。她说明天要做红豆米饭呢。"

"又要做红豆米饭?"达郎笑了。

"早就觉得我的钢琴会给你添麻烦。"千香子淡淡地说道。

"千香子……"

"什么?"

"不,没什么。钢琴一点儿也不麻烦啊。练习投球动作,哪里都可以做。等到以后空下来,我想在这间屋子里装隔音板,这只用于教钢琴课。"

达郎又开始做投球动作,千香子想要走出房间去。

"你待在这里嘛。"

"你想拍录像?"

"不是的。只是让你陪陪我。"

千香子走近钢琴,对着达郎嫣然一笑,在琴凳上坐了下来。片刻,《水之嬉戏》的优美旋律充满了整个房间。

达郎一边听着千香子手指间流出来的水声,一边继续做着投球动作。

千香子不断地、反反复复地弹着《水之嬉戏》,这样的弹奏方式,执著得仿佛脱离了常轨。达郎停下身体动作,注视着千香子。是不是自己的归队给千香子蒙上了阴影?达郎心里变得忧郁起来。

也许是感觉到达郎在注视着她,千香子弹琴的手停了下来。

"你,真的能放弃?"

"我以为你又要叮嘱我什么话呢。"千香子付之一笑。

"那样当然很好，但看着你好胜的目光，我总觉得你大概还是放弃不了。手指好像也没有出现颤抖……"

"现在一紧张还会颤抖啊。这个话题到此为止，不要让我再去想它。"千香子说着"啪"地一声关上了琴盖。

达郎走近千香子，望着她那张气恼的面容，掀开了刚刚关上的琴盖。

"可以给你的《水之嬉戏》录音吗？"

"不是可以从 CD 上转录吗？"

"我想把你在我面前弹奏的《水之嬉戏》录下来。"

"录下来做什么？"

"记得告诉过你，殿后主力队员上场是在比赛的最后一局。虽然要做几次投球练习来调整肩膀状态，但还有不少空余时间。我想在那个时候听你的《水之嬉戏》。"

"以前在那样的时候你就是听音乐的？"

"是啊。"

"听什么音乐？"

"矢泽永吉。"

千香子扑哧一声笑了，"上场前听听矢泽永吉的音乐，不是很好吗？"

达郎望着千香子的眼睛，摇了摇头。

因为不是正式的录音，所以也许会有杂音。但达郎就是要这样的录音，因为他想听千香子在这房间里弹奏的音乐。

这天晚上，达郎把棒球手套仔细地擦了一遍，又稍微喝了些酒，便早早地上床睡了。

昏暗中，隐约看得到千香子替达郎准备的新队服。达郎望着队服背上的号码"19"，心中充满了感慨。

幸好练习投球动作出了一身汗，不安情绪消失了，却怎么也无法克制亢奋的情绪。他想要睡觉，但脑海里却浮现着森林队主力击球手的身影。达郎左思右想，不断地调整攻击的方案。

他朝身边的千香子望去，满以为她睡着了，不料千香子也没有闭眼。

达郎把手滑进她的睡衣底下。

"不行啊。"千香子推开了达郎的手。

达郎想用千香子的柔软肌肤抑制自己那亢奋得发慌的神经。他探起身子，把嘴唇压在千香子的嘴唇上。千香子的身体渐渐发热，不久便接纳了达郎。达郎听着千香子的娇喘声，势不可挡地冲向了终点。

翌晨，一醒来便打开了窗帘。太阳的光辉从飘忽的薄云间照射出来。见外面没有下雨，达郎长长地松了一口气，因为千驮谷体育场是不带圆顶的。

民子赶来做早餐，她噙着泪为达郎祝福，"真是太好了。这一天盼了多久啊！"

达郎对民子和千香子说要准备入场券，民子用探询的目光望了望千香子。

"我还是不去比较好吧。"千香子意味深长地笑了笑。

达郎已经完全忘了，住田作为翻译肯定坐在选手席里。

"我在电视机前为你助威啊。"

"那么，就民子一个人来吧。"

"我想去，但还是在家里为你助威吧。那样的话喝倒彩也方便……"

"你怕自己会紧张得看不下去?"千香子对民子开起了玩笑。

"说得没错。我不相信达郎会输给对方，但我怕到了球场里会心惊肉跳得没法好好为达郎助威。"

民子比平日提前做起了回家准备，"我现在就到成田山去。"

"去干什么?"达郎问。

"干什么? 老规矩吗呀。去求老天爷保佑你好运。我每次有大事要祈祷时，都是去成田山的。"

达郎和千香子一起把民子送到门口。

"坚持到底啊!"民子一本正经地说完，离开了公寓。

达郎可以在下午进球场，但他待在家里怎么也静不下心来，于是决定提早出发。

千香子将队服放进手提包里。达郎把手套和钉鞋收进运动包后，站到了千香子的身后。

千香子转过身来，"你怎么了?"

"没什么。你送我去球场，我总觉得有点儿怪怪的。这在开始学琴时压根儿就没有想到过啊。"

"是啊。第一次来这里时，我还觉得你是个讨厌鬼呢!"千香子笑了，但她的笑脸眼看着变了形，泪水沿着面颊流了下来，"对不起，我哭了。紧张得不知怎么办好。"

キュウアイ 235

"是啊。你要沉住气啊。"
"马上就会习惯的,没关系。"
"早是早了点儿,但我要走了。"

站在门厅里,千香子紧紧握住了达郎的手。她想强作笑脸,但表情反而显得很忧伤。

"那我走啦。"达郎故作轻松地说了一声,走出了公寓。

走进地下停车场的时候,他想起了一件奇怪的事。最后一次出发去洛杉矶检查身体的那天,千香子用法语向他说了一句"他妈的",可是今天他没有听到这句咒语。

这是祝愿有个好兆头的咒语,但这么重要的法语,达郎左思右想却记不起来。他想让千香子再对他说一遍这句骂人的法语,便转身返了回去。

走近房门,将手伸向门铃。这时,透过房门传来了《水之嬉戏》的琴声,尽管声音很轻。

时间还绰绰有余。达郎把手从门铃按钮上放下,想听完演奏后再按门铃。

他正要侧耳细听华丽的水流声时,突然,琴声变得杂乱起来,紧接着发出了砸琴键的刺耳响声。

达郎站在门前愣住了,好一会而没有挪动脚步。

那仿佛是千香子无法治愈的心灵在呐喊。怎么办才好?他再次把手伸向门铃,但是,他没敢按响门铃,而是逃跑似的奔进了电梯里。

忽然,他想起了刚才忘却的那句法语。

"MERDE!"达郎轻声地说了一遍。

他不是为自己说这句咒语。达郎心里想着千香子，不停地喃喃自语："MERDE!"

这是争夺冠军的关键比赛，球迷们已经排着队等候开门。

大批记者们早就在等着达郎。

"回归一线队是什么时候通知你的？"

"昨天。"

"你是在自己被死球击伤的球场里归队参赛，请问有何感想。"

"没什么感想。心里只有一个念头，如果能上场，就要投出好球来，不能出现去年那种不得不站在击球区里的尴尬场面。"

一进球场里，达郎便向久违的一线队员打了招呼。

在休息室前的走廊里与住田擦肩而过，达郎默默地鞠一躬。住田目不转睛地盯着达郎，一副欲言而止的表情，大概是周围有人的缘故，他一句话也没有说，点了点头就走过去了。

练习开始了。达郎在投手板上投了几次球，马上找到了感觉。由于听说去年淡季时球场换过草坪，因此他仔细察看了触击球①和滚地球在草坪上的滚动情况。

森林队的领队和教练一出现，达郎便上前去打招呼。

"呀！恭喜你。去年我们的投手让你受了伤，实在对不起。不过你出场早了点儿，我们本来希望明年等你穿上我们的队服后和你见面的。哈哈，今天请你手下留情啊。"以老奸巨猾而

---

① 球手不挥动球棒，只用球棒轻轻地接触球，使球慢慢地滚入内场。

キュウアイ　237

闻名的森林队老将说话时脸上始终带着笑容。

前两局达郎都在运动员休息区后面通过闭路电视看比赛。比赛从一开始就很激烈,第二局结束时,三比三平。

殿后的主力队员在比赛开始时无事可做。达郎待在休息室里,那里也有闭路电视。达郎看着画面,戴上了耳机。

他听着《水之嬉戏》,想镇定一下情绪,心里却怎么也平静不下来。

千香子现在在做什么?是帮民子做红豆米饭?还是又在仔仔细细地打扫房间?

千香子不可能放弃钢琴。刚才在公寓门前,达郎已经清楚地意识到这一点。他没敢按门铃就是因为这个缘故。自己先如愿归队,对她来说会不会是难以忍受的刺激?难道她……回家后要好好和她谈一谈。但是,千香子内心深处的阴郁心结该如何去帮她解开呢?达郎一筹莫展。是应该鼓励她?还是放任她?他觉得自己越想越拿不定主意。

达郎慢慢地站起身,走进运动员休息处。住田和外国选手一起坐在离入口处最远的地方。

一进入第五局,达郎便朝投手练习场走去。他是去活动一下肩膀。三垒边的观众席上有人朝着达郎大声地为他加油。

与其他救援投手一起并肩从轻度的松肩运动开始。这时,他投了十五个球。电视摄像理应会映出他的身影。达郎猜想千香子大概正看着他。

比赛从第六局起再次激烈起来。副岛不停地注入投手。

森林队打了个三分本垒打①，十比七领先。

如果输掉，达郎就用不着上场了。尽管如此，达郎还是开始了第二轮投球练习。

也许是关系到能否获得冠军，这天晚上海豚队很有韧劲。

在第九局的最后关头，海豚队奋起直追，追到了平分。

达郎专心致志地做着投球练习。这时倘若逆转，就为达郎准备了求之不得的舞台。

达郎暂时停下练习，关切地望着海豚队的第四名击球手。达郎期望着来个安全打，但球场上出现了意外，对方投手投出的下沉球击中垒板角后，滚到一垒边上，这个暴投送了海豚队一分。

达郎深深地吸了口气，又继续进行投球练习。投球教练刚才一直在用内线电话与在运动员休息处的领队商量，他挂断电话后望着达郎说道：

"轮到你上场了。"

达郎感到面部有点儿麻木，他轻轻地吐了口气，又向接球手投了一球。

播音员一报出达郎的名字，球场内响起了欢呼声。

达郎想要冷静下来，却怎么也无法平静。他再次做着深呼吸。

佐古田走近达郎的身边，"我敢拿我的脑袋作担保，你能投出好球来。"

---

① 有两名跑垒手时打出的本垒打。

达郎向佐古田报以微笑，随即向投手板走去。欢呼声更加高涨，达郎正了正球帽，不停地扭动着脖颈，故意走得很慢。

踏到白线是很不吉利的，达郎迈开大步跨了过去。

"祝贺你。"守在三垒的老队员向他招呼道。

达郎粲然地笑着。

终于走到了投手板上，达郎感觉像走了一段很长的距离。他用脚踢平投手板的土，做着屈伸运动，甩动了几下双臂。他自己也感觉得到手臂有些僵。

将手伸进松脂粉袋里捏了捏松脂粉后，进入投球练习。直线球投得比在投球练习区里的时候还要飘，是用力过猛。达郎长长地吐了口气，投出第二个球。这次投出的球有很大的提高。

看见住田坐在队员席的角落里，千香子的身影突然掠过达郎的脑海。

比赛开始。

对方的第二名击球手高梨走进击球手区就位。

达郎重新正了正球帽，捏了把队服的胸襟。

第一个球，直线球高高地飘过去。观众说不上是欢呼还是失望的叫喊声响彻球场。

第二个、第三个球也都没有投出好球，结果是投了直线球的四次坏球①。

他看见领队用电话和投球练习场的教练在说话。这在达郎

---

① 在棒球赛中，投球手向击球手投出四次坏球，击球手可进到一垒。

受伤前是绝不可能出现的场景。达郎痛切地感觉到自己失去了信任。

他向第三名击球手投了个下坠球。对手的球棒划了个空，这好歹让达郎恢复了镇静。第二个球向内角投出直线球。这球虽然没有受伤前那样的威力，但达郎凭技巧增强了力量。击球手向这个似好似坏的球出手了，勉强打了个无力的歪球。三垒手一个冲刺跑上前来，一只手接住了球并投向一垒，间不容发，安全进垒，成了内场安全打。

内场手①全都集中到投手板上。

"刚才的球是你赢了！"一垒手笑逐颜开地说道。

"庄村，下一个球我要用直线球投啊。"达郎向接球手说道。

"可是……"大概是对直线球的控制没有自信吧，庄村流露出不安的神情。

"古山肯定在等着我投下坠球呢。"达郎说完转身去擦额头上的汗。

比赛继续进行。森林队第四名击球手古山用眼角注视着达郎走进击球区。

达郎也侧目睨视着古山，用尽全身的力量投出了直线球。

球对着正中央飞去，但古山判断失误了。

这一球让达郎恢复了信心。第二球、第三球全都投了直线球，成为两个好球得一分。

---

① 棒球比赛中守卫内场的选手，有一垒手、二垒手、三垒手和游击手。

投球策略与故事很相似。如果将直线球比作伏笔，决定胜负的就是下坠球；当打算投内角来决定胜负时，就要故意先投出外角球来施障眼法。各种投球的搭配是变化万千的。

庄村按常规要求达郎投下坠球，但达郎摇了摇头，他拿定主意要用直线球来定胜负。球路是内角低位。如果稍有偏差，就有可能拱手送给对方本垒打。但是，达郎还是想靠力量来决胜负。

达郎用目光牵制着二垒跑垒手，将手高高举过头顶。球按照预想的球路飞去，古山的球棒划了个空。从三垒的边上响起雷鸣般的欢呼声。

对方的第五名击球手是左撇子，他向达郎投出的第一个下坠球打去，打了个浅浅的中飞球。

"最后一个！最后一个……"达郎听到了海豚队球迷们的喊声。

自信更使投出的球增强了的气势。

他用下坠球投出两个好球，将对方第六名击球手逼到了绝境。

球场里的欢呼声是令人振奋，达郎擦着汗，把手伸向松脂粉袋，不停地扭动着双肩。

他用锐利的目光睨视着击球手，瞄准内角高位投了出去。他坚信这个球能让对手连吃三空棒。

接下来的瞬间他吓出了一身冷汗，球失去控制向好球区[①]，但是击球手判断失误，没来得及击打。裁判员的手高高地举了起来。

从海豚队的队员席里，队友们飞奔而出。

随着震天的欢呼声，达郎高举着双臂在投手板上蹦跳起来，抑制不住激动情感的队友们拥抱在一起。

领队的身体被抛起后，达郎的身体也被抛到了半空中。他第一次感觉到没有星星和月亮的暗蓝色天空会有现在这样美丽。

领队接受采访以后，达郎站到了采访台上。

他脱下帽子，朝球迷们挥手，眼泪又沿着他的面颊流了下来。

"祝贺你！你在这个球场里受伤以后，已经过去五百五十五天了，你知道吗？"

"不知道。"达郎用指甲刮着潸然而下的眼泪，一边答道。

"真没有想到你荒废了这么长时间，还能投出这样的好球来。"

"因为他们说我打一局没有问题，所以我就拼命投球了。"

"在这个有缘分的球场里，你出色地奉献了复出后的第一场比赛，成了大家追捧的投手，你有没有什么想说的？"

"对在康复训练中支持我的球迷们，我只有心怀感激。"

[①] 在棒球的本垒中做击球姿势的击球手的腋下与膝盖以下一个球高度的空间范围。

"对爱胡闹的荒矢投手来说，你的回答已经很成熟了。"

"我一直很成熟啊！"

"说实话，你一开始四次投出直线坏球的时候，我还觉得你远远没有恢复到正常状态，但状态突然就好起来了，你觉得这是为什么？"

"我让古山打了三个空棒，好像信心就恢复了。"

当自己说出"信心"这个词时，达郎想起了千香子。他望着摄像机，声音无意中放低了。

"我觉得，凭着以前的经验，只要恢复自信，就总会有办法的。"

明星专题采访结束后，达郎还处在记者们的包围中，怎么也突围不出来，即使想给千香子打电话也打不了。

佐古田走上前来，双手握住达郎的手。他没有流泪，但手掌心湿漉漉的。看着佐古田的表情，他心里又徒感一阵冲涌。

达郎借口要去洗手间，避开记者们和其他人，走进更衣室里。他从手提包里取出手机，拨了千香子的电话。

"是我呀！"达郎只说了这么一句，便缄然了。

"祝贺你。干得好啊。果然不出我所料，你终于东山再起啦。"她的嗓音很悦耳，但说着说着夹杂进了流泪的声音。

"你别哭呀。"

"你自己在接受采访时都哭了吧。"

"接下来还有庆功会，然后还得去体育新闻演播室，不知道几点钟能回家啊。"

"你不要担心我。"

"千香子，那个……"

"什么？"

达郎想起了在家门前听到的砸琴键的声音，但他说不出口。

"昨天录的磁带，我听了好几遍呢。"

听筒里漫延着沉默。

"千香子……"达郎叫喊着。

就在这时，更衣室的门开了，住田陪着外籍选手走了进来。

"我要走了。"达郎对着电话里轻声说道。

"达郎……"听筒里突然传来轻轻的呼唤，像是筋疲力尽时发出的声音。

"什么事？"达郎一边问，一边忌讳地瞟了住田一眼。

"没什么事，我只是想再说一遍：'祝贺你！'"

耳朵里传来听筒轻轻放下的声音。

住田向达郎这边走来，嘴角带着不怀好意的讪笑，"祝贺你。"

"谢谢。"

"千香子好吗？"

"很好。"

外籍选手自然听不懂他们两人的谈话，却意味深长地望着他们。

"我还不想离婚啊。"住田盯着达郎，不容置辩地扔下一句话。

"我想我们两人应该尽早谈一谈。"

住田摇了摇头,"谈什么?"

达郎默默地向他点了点头,便大步走出了更衣室。

会见记者,开庆功会,时间匆匆过去了。达郎是这天晚上的英雄,无论关系多么糟糕的队友,在确定获得冠军的那一刻,至少暂时还是对他给予肯定的。达郎不禁又一次感慨道,这种必须决出胜负的比赛,其好处恐怕就在于"以胜败论英雄"。

* * *

一连跑了三家电视台,再和几名队友一起举杯庆祝,达郎直到凌晨二点过后才回家。

喝过酒后,他把汽车停在举行庆功会的酒店里,拦了一辆出租车。

公寓边上停着两辆巡逻警车,警灯的红光照亮了四周。

救护车拉着警笛从公寓院子里驶出来。达郎付了车钱,急忙向聚在公寓边的人群奔去。

"出了什么事?"他问一个看上去很精明的中年女人。

女人的脸色很苍白,"好像是你家里出事了。"

"什么?"

"不太清楚,好像是跳楼自杀……"

达郎猛地推开人群狂跑起来。

他觉得电梯很慢,像是悬吊着巨石。一到自己住的楼面,没等电梯门全部打开,达郎便跌跌撞撞地冲了出去。

他看见民子被管理员抱着,正在痛哭。玄关的房门打开着，里面有警察的身影。

"民子，出什么事了？"

民子看见他顿时倒吸了一口冷气，"千香子她……"只说了一句便说不下去了，那张涕泪交零的脸上已经失去了血色。

"千香子怎么了！"

"好像是从阳台上跳下去的……"管理员说道，"我们向你球队打电话，说不知道你到哪里去了……你手机也没有开，所以……"

达郎想起进电视台时把手机关了。

"那她现在……"达郎简直要倒在管理员身上了。

"真的很遗憾，发现时就已经……"一名便衣警察走上前来说道。

这个人是达郎所在辖区警署的刑警。

达郎踽踽着走进房间，连鞋都忘了脱。

"好像是从那扇门对面的房间跳下去的。"跟在他后面进来的刑警说道。

达郎走向钢琴房，推开半开着的房门。

钢琴房依然像平时那样简洁，擦拭得十分清洁的三角钢琴上反射回来的灯光，照得达郎眼睛一阵晕眩。通往阳台的落地窗半开着。

"走进这个房间里时，这台 CD 收录两用机里还播放着古典音乐。好像是设定为'重复'，一直在播放着……"

达郎像是要把刑警的说话声屏障掉似的，立刻按了一下收录机的按钮。

キュウアイ 247

收录机里播放出透明的钢琴旋律。

跃动的水、沉静的水、硬水、柔水……达郎在心中逐一呼唤着自己叫得出的水名。

他走近窗户。窗外吹来带着秋意的冷风，风中舞动的蕾丝窗帘抚摸着达郎的面颊。

在这瞬间，巨大的悲痛从身体深处涌了上来，达郎静静地跪倒在地，失声痛哭。

"遗书放在钢琴上，你要看一看吗？"

荒矢达郎君：

　　胜局已定，电视画面上映出你那感慨万千的脸部特写时，我已经清楚地知道自己想要做什么了。我像在数着你眨眼的次数似的紧盯着你的脸，下定决心要埋葬自己。

　　我一直在内心的某个角落里希望你不能东山再起。为什么会有如此残忍的企盼，我自己也不知道，有时甚至会感到自己很可怕，但我却对自己的这种残忍毫无办法。

　　可是，达郎，请你相信我。看见你在震耳欲聋的欢呼声中被举起时的身影，我是多么的高兴啊。我为你而哭泣，为你而喜悦，衷心为你的东山再起祝福。

　　你完成了我无法完成的心愿，祝贺你！我希望在这间房间里迎接你的归来，扑进你的怀里，紧紧地抱着你，把我的喜悦告诉你。我本来是应该这么做的，但是，很真对不起。

　　我只有钢琴，但钢琴偏偏让我感到疲惫不堪。尽管如此，一看见钢琴，我还是会离不开钢琴。你一直在那么鼓励我，我也努力想要坚持下去，然而手指却还是不能如我希望的那样弹奏。

　　我的梦想是和你两个人像抱窝的小鸟一样静静地生活。"如果能把棒球和钢琴都放弃，两个人生活的话……"，以前我说过的这些话，你还记得吗？

　　我希望和你两人就这样永远把康复训练做下去，希望听到你更多的泄气话，希望你紧紧地、更紧地抱着我，希望永远安睡在你的怀抱里。

　　我一边写这封信，一边听着《水之嬉戏》，听着这首只会让我想起你的曲子，听着这首能带给我安稳与宁静的曲子。

　　硬水，柔水，跃动的水，浑浊的水，清澈的水……

我希望和你一起像水一般地嬉戏，落进瀑布里，随激流而下，最后化为没有千香子和达郎的、沉睡的水而死去。
　　再见了，达郎。

岸本千香子　十月十二日

著作权合同登记号　图字 01-2012-7704

KYUAI by FUJITA Yoshinaga
Copyright © FUJITA Yoshinaga 2001
All rights reserved.
Original Japanese edition published by Bungeishunju Ltd.,2001.
Chinese (in simplified character only) translation rights in China reserved by Shanghai Elegant People Books Co Ltd. under the license granted by FUJITA Yoshinaga arranged with Bungeishunju Ltd.,Japan through Tohan Corporation, Japan.

图书在版编目(CIP)数据

水之嬉戏/(日)藤田宜永著;李重民译.—北京:人民文学出版社,2012
ISBN 978-7-02-009604-6

I.①水… II.①藤…②李… III.①长篇小说-日本-现代 IV.①I313.45

中国版本图书馆 CIP 数据核字(2012)第 283743 号

责任编辑：陈　旻
选题策划：雅众文化
文学统筹：季洁丽
封面设计：乔婷婷

水之嬉戏

〔日〕藤田宜永　著
李重民　译
人民文学出版社出版
(100705　北京市朝内大街 166 号)
山东临沂新华印刷物流集团有限责任公司印刷　新华书店经销
字数：165 千字　开本：880×1240 毫米　1/32　印张：8
2013 年 3 月北京第 1 版　2013 年 3 月第 1 次印刷
印数 1—7000
ISBN 978-7-02-009604-6
定价：26.00 元